青 年

[俄] 列夫·托尔斯泰 著

谢素台 译

人民文学出版社

Л. Н. ТОЛСТОЙ
ЮНОСТЬ
据 Л. Н. ТОЛСТОЙ, СОБРАНИЕ СОЧИНЕНИЙ В 20 ТОМАХ
(ГОСЛИТИЗДАТ, МОСКВА, 1960) 译出。

图书在版编目(CIP)数据

青年/(俄罗斯)列夫·托尔斯泰著;谢素台译. —北京:人民文学出版社,2018
(列夫·托尔斯泰自传体小说)
ISBN 978-7-02-014721-2

Ⅰ.①青… Ⅱ.①列… ②谢… Ⅲ.①自传体小说—俄罗斯—近代 Ⅳ.①I512.44

中国版本图书馆 CIP 数据核字(2018)第 267779 号

责任编辑	柏　英
装帧设计	崔欣晔
责任印制	王重艺

出版发行	人民文学出版社
社　　址	北京市朝内大街 166 号
邮政编码	100705
网　　址	http://www.rw-cn.com
印　　刷	三河市中晟雅豪印务有限公司
经　　销	全国新华书店等
字　　数	163 千字
开　　本	850 毫米×1092 毫米　1/32
印　　张	11.625　插页 1
印　　数	5001—8000
版　　次	2019 年 1 月北京第 1 版
印　　次	2019 年 4 月第 2 次印刷
书　　号	978-7-02-014721-2
定　　价	54.00 元

如有印装质量问题,请与本社图书销售中心调换。电话:010-65233595

目次

前言　　　　　　　　　　　　　　　001

一　我认为这是青年时代的开始　　　001
二　春　天　　　　　　　　　　　　005
三　幻　想　　　　　　　　　　　　013
四　我的家庭圈子　　　　　　　　　021
五　准　则　　　　　　　　　　　　029
六　忏　悔　　　　　　　　　　　　035
七　去修道院　　　　　　　　　　　041
八　第二次忏悔　　　　　　　　　　047
九　我怎样准备考试　　　　　　　　053
十　历史考试　　　　　　　　　　　059

十一	数学考试	067
十二	拉丁语考试	075
十三	我是大人了	083
十四	沃洛佳和杜布科夫在做什么	091
十五	大家向我道贺	099
十六	口　角	107
十七	我准备出门拜访	117
十八	瓦拉希娜夫人家	125
十九	科尔纳科夫一家	135
二十	伊温一家	141
二十一	伊万·伊万内奇公爵	149
二十二	和我的朋友谈心	155
二十三	涅赫柳多夫一家	165
二十四	爱	175
二十五	我认识了	183
二十六	卖弄聪明	191
二十七	德米特里	199
二十八	在乡下	209
二十九	我们同姑娘们的关系	217

三十	我的工作	225
三十一	COMME IL FAUT	233
三十二	青年时代	239
三十三	邻　居	249
三十四	父亲的婚事	257
三十五	我们怎样接受这个消息	265
三十六	大　学	275
三十七	恋爱事件	283
三十八	社　交	289
三十九	酒　宴	295
四十	同涅赫柳多夫一家的友谊	303
四十一	和涅赫柳多夫的友谊	311
四十二	继　母	319
四十三	新同学	329
四十四	祖欣和谢苗诺夫	341
四十五	我失败了	351

前言

《童年》《少年》《青年》这三个中篇小说是托尔斯泰的成名作。《童年》最早发表于一八五二年,托尔斯泰那时只有二十四岁;两年后《少年》发表,一八五七年《青年》发表。评论界把这三部作品习惯合称"自传体三部曲"。自传体文学固然有回忆录的形式,并且具有对当时生活记录的真实性,但其主要功能并不在于回顾作者的既往生活,所以不能把它当作"自传"来看,托尔斯泰在晚年谈到这部作品的时候也说,他写的并不仅仅是自己的经历,而是他所熟悉的人们的经历和他自己的童年体验的"混合"①。那么,作者为什么要把这些不同人的经历混合到一个或几个人物身上来表现呢?这就涉及自传体文学的功能,就

---

① Толстой Л. Н. Воспоминания. // *Полное собрание сочинений*. Т. 34. М.: ГИХЛ, 1952, с. 348.

是有选择地表现人生历程，从而反省人的生活之路到底如何走，借助于对主人公生活的描写来表达作家本人对这个世界、对人自身的存在，以及人与人之间的关系的价值立场。

因此，我们通过托尔斯泰的自传体三部曲，既可以看到那个时代一个俄罗斯贵族家庭的真实生活，更主要的是发现作家本人在那个特殊的时代对于人应当如何生活的道德理念。这正是人民文学出版社在托尔斯泰诞辰一百九十周年出版这个自传体三部曲的一个重要原因。

一

托尔斯泰出身于世袭贵族家庭，尽管他在幼年的时候父母就相继去世，是被姑姑带养成人，但这并不妨碍他直到生命的最后时刻都生活在富裕，甚至是奢华的环境之中。也就是说，他一直是作为俄罗斯极少数拥有巨大财富的统治阶级的一员而存在，而这个时候的俄国还有一半左右的人口生活在赤贫状态。这种社会状况在俄国持续了几个世纪后，到了十九世纪，俄国的贵族知识阶层首先觉醒，意识到俄国如果想要进入现代文明国家行列，必须要解决野蛮的农奴制问题。农奴制是俄国特有的一种社会经济制度，大量农奴的存在意味着俄国有将近一半的人口（在十九世纪中叶前高达30%—46%[①]）在从事最原始的经济活动，这阻碍了俄国的经济发展，尤其是在西欧国家即将进入第二次工业革命的背景下。其次是专制压迫的问题，农奴不仅失去了经济自主权，也被剥夺了思想的自由。因此，从一八一二年反法战争胜利之后，俄国社会中废除农奴制的呼声便越来越高，直到一八六一年沙皇亚历山大二世签署解放农奴宣言。这就是托尔斯泰前半生所面对的俄国的现实。

当时的贵族知识分子和平民知识分子主要考虑制度变革的方法，而托尔斯泰的解决方案与当时俄国的主流观念相对立。他心目中理想的社会制度是原始的农耕社会、宗法制社会，既不是当时的帝国专制，也不是西欧的代议制。在他看来，人类生存状况的恶化就在于国家制度破坏了人类原初的和谐状态，而更重要的是导致人类心灵的恶化。所以，托尔斯泰提出：俄国社会亟须变革，但不能仅靠国家制度的变革，更不能通过暴力革命，因为暴力即使能够暂时带来转机，却会埋下更多暴力

[①] 十九世纪初期俄国的农奴数量曾高达总人口的46%，此外还有大量的农村与城市贫民。[俄]梁士琴科：《苏联国民经济史》（第一卷），中国人民大学编译室译，人民出版社，1959年，第518—519页。

的种子。这就是托尔斯泰主义的首要原则。

我们以往对托尔斯泰主义的理解更多地夸大了这一原则,却忽略了这只是托尔斯泰主义的一个前提,而托尔斯泰主义的核心命题是:通过人的心灵改造来达到社会改造的目的。列宁称托尔斯泰是"俄国革命的镜子",主要是说在他身上反映了俄国社会的深刻矛盾。基于列宁的评价,此后的许多评论都过分强调了托尔斯泰主义中的批判性和妥协性的部分,却遮蔽了这其中在今天看来十分重要的东西——作为统治阶层的贵族的心灵忏悔、道德完善的内容。而这一点恰恰是俄罗斯文化精神中最具合理性的特点。当托尔斯泰在宣扬他的道德主义的时候,绝不是什么"颓唐的、歇斯底里的可怜虫",而是一个伟大的人类精神的维护者。在他看来,任何社会制度的设计者如果没有人的道德支撑,这个制度都将成为当代的奴隶制。因此,就俄国而言,贵族作为这个社会的主导阶级,首先要从他们的灵魂开始更新,从而引导整个社会走向真正的和谐。

二

高尔基说,托尔斯泰的创作实践"就是企图把良善的俄罗斯贵族安插在俄罗斯生活里面"，而这是一件"艰巨的工作"。①高尔基所说的这件艰巨的工作，就是从自传体三部曲开始的。这是年轻的托尔斯泰最初的文学活动，他选择了自己最熟悉的生活加以描写，但无形中开创了他一生文学创作的重大使命——从一个贵族的成长来思考人的存在意义。在这个问题上，托尔斯泰主要是从两个方面展开的，一个是人与上帝的关系，一个是人与人的关系。

我们在自传体三部曲中看到的主人公，贵族少年尼古连卡，就是高尔基所说的"宛若太阳反映在一滴水点上"的那个"水点"。可以说，整个三部曲就是尼古连卡心灵成长的历史，这个自幼缺少爱的孩子，最大的特点不是对这个世界发出抱怨，而是不断的自我反省。在他身上，无疑会有在那个特定环境中养成的等级观念，但每当这种念头产生的时候，他的心中就会有另一个声音发出自我谴责。"爱和羞愧"，这就是托尔斯泰对人与上帝关系的基本理解。

在托尔斯泰看来，越是那些生活在底层、没有受过所谓当代教育的人，心灵离上帝越近。所以，在小说中，托尔斯泰把

---

① ［俄］高尔基：《俄国文学史》，缪灵珠译，新文艺出版社，1956年，第501—502页。

这种爱的品格更多地赋予了那些侍仆。

比如，在托尔斯泰心目中，娜塔利娅就是上帝仆人的典范。娜塔利娅生命中唯一的精神寄托便是上帝，正因为如此，她把自己的一生都奉献给了他人。有评论认为这个形象反映了托尔斯泰本人固有的贵族立场，实际上，恰恰相反，这个形象反映了托尔斯泰对他所身处的贵族阶级的反叛。在他的笔下，作为贵族的父亲、外祖母以及大量身份显赫的人物，从来没有想到过上帝，而作为下人的娜塔利娅，直到临死的时候还"呼唤上帝"——祈祷，是东正教文化的一个特色。《童年》中描写了一个圣愚苦行者格里沙，他的神圣性就体现在他的祈祷上。格里沙白天行事乖张，夜晚却久久地向上帝祷告、忏悔、哭泣。这个情节本是托尔斯泰童年的亲身经历。托尔斯泰把人在内心与上帝进行交流视为生活中极为重要的内容，虽然他并不是一个严格意义上的东正教徒。可以这样理解，托尔斯泰的宗教思想带有明确的世俗生活目的，在内心深处与上帝同在的现实意义就是时刻在心中呼唤良知。

总之，人面对上帝的问题也就是人面对他人的问题，两者其实是同一个问题的两个方面：一是面对上帝——忏悔；二是面对他人——爱。也就是小说中说的"爱和羞愧"。

小说围绕着主人公尼古连卡主要写了他的三种人际关系："我"与贵族圈中的人（包括家中的长辈），与侍仆，与朋友（包括兄弟姐妹和恋人）。

非常明显，作者对贵族圈中的人普遍持否定态度，因为在作者看来，这些人就是亟须灵魂改造的人，他们掌握着大量奴仆的命运，甚至掌握着整个俄国的命运，但俄国的问题恰恰在于这些人缺少对自己灵魂之恶的反省。

在尼古连卡与侍仆的关系上，小说不吝笔墨，把人与人之间美好的爱寄寓其中。这首先体现在自幼看着他长大的娜塔利娅·萨维什娜身上。尼古连卡与她的关系，与其说是主仆的关系，不如说她既是他的知心朋友，也是他成长的一个"镜像"。这个知心朋友给了他从父母和兄弟姐妹那里无法获得的真正的理解和抚慰，他从这个镜像中学到了爱，学到了自我反省。

小说还对家庭教师卡尔·伊万内奇这个人物寄予了无限的同情，小尼古连卡在悲伤的时候常常想，他自己的命运甚至与卡尔是一样的，都是被命运所抛弃的人。

尼古连卡与同龄人的关系才是他生活中最重要的部分，因此，他从来都是怀着强烈的渴望融入对方的心灵世界，然而不幸的是，他遭遇得更多的是拒绝和隔膜。他渴望与所有人相爱，他天真地以为所有人都爱他，理解他，但其实这往往成为他自己的"一厢情愿"。作为一个童真未泯、良知清醒的贵族少年，尼古连卡就这样被他自己的阶级拒绝，成为一个孤独的觉醒者。在尼古连卡的同龄人中，有一个人物甚至对于整个托尔斯泰的创作来说都具有特殊的意义，这就是德米特里·涅赫柳多夫。

《复活》中的涅赫柳多夫是最后一次出场，而他的第一次出场就是在自传体三部曲中。如果说尼古连卡这个形象的原型更多的是托尔斯泰本人，那么涅赫柳多夫则完全是作家按照他的理念设计出来的人物，或者说是托尔斯泰理想中的自我。高尔基甚至认为，涅赫柳多夫形象就是俄罗斯生活的象征："六十年来，涅赫柳多夫公爵驰骋于俄罗斯……六十年来，他的严厉而正直的呼声在呐喊，在揭发一切；他告诉我们俄罗斯生活，几不下于全部俄国文学。"①

三

托尔斯泰的自传体三部曲具有明显的特色，是对其生命

---

① ［俄］高尔基:《俄国文学史》，缪灵珠译，新文艺出版社，1956年，第502页。

理念的极为出色的表达形式。

一般评论都把托尔斯泰的自传体三部曲看作"成长小说"或"教育小说",但这类小说的一个特点是主人公的"成长",即巴赫金所说的"人在历史中成长",因为历史发生了变化,人不能不随之而变化。[①]但托尔斯泰的自传体三部曲不是典型的此类成长小说,因为其中既没有写出历史的变化,也没有写出人物的成长。托尔斯泰的基本立场是描写人的心灵变化,无论历史如何变动,人的心灵的"历史"是同一性的,如果说它有一个变化或成长过程,那么这也是一个永恒的模式:纯真——罪孽——复活。而实质上,这三个生命阶段往往是在同一个时间中存在的,这也源于托尔斯泰对于生命的理解。每个人同时既受到原初的纯净的灵魂的支配,同时也受到世俗之恶的诱惑,而这两种力量的博弈就是人的复活的表征。托尔斯泰对孩子有着特殊的喜爱,原因就是他在孩子身上看到了人的美好品格,一方面他说:"孩子也并非无罪。在他们身上比成年人较少罪孽而已,但他们已有肉体罪孽。……没有罪孽,就没有生活。"一方面他又说:"孩子比成年人更睿智。小孩不会分辨人们的

---

① [苏联]巴赫金:《教育小说及其在现实主义历史中的意义》,晓河译,见《巴赫金全集》(第三卷),河北教育出版社,2009年,第228页。

称谓，而是用全副的灵魂去感受人人身上存在的、对他和所有人来说都是同一的东西。""不要相信无法做到人人平等、或者它只能在遥远的将来才可能实现的说法。要向孩子学习。"[①]这就是托尔斯泰的成长观：人在童年时代一方面是纯真的，一方面靠着某些本能生活，所以，他需要把这些生物性本能清除掉，才能真正成为只靠灵魂生活的人；然而，成长的过程同时也是被世界污染的过程，所以，人在步入成年后应该努力回归童真。

高尔基曾说："托尔斯泰的创作之历史意义，今日已被评为整个十九世纪俄国社会一切经验之总结，他的作品将永世留存，俨若天才的顽强劳动的纪念碑，他的作品乃是说明一个顽强个性在十九世纪为了替自己在俄国历史上寻求地位和事业这目的而做的一切探索的文献。"[②]而我要说，托尔斯泰的意义远不只对十九世纪的总结，更重要的是对人类未来的精神发展的永恒预言。

王志耕
二〇一八年九月于南开大学

---

① ［俄］托尔斯泰：《生活之路》，王志耕译，商务印书馆，2015年，第90、35、190页。
② ［俄］高尔基：《俄国文学史》，缪灵珠译，新文艺出版社，1956年，第502页。

我认为这是青年时代的开始

我说过，我同德米特里的友谊，使我对人生、对生活的目的和关系有了新的看法。这种看法的实质就是：我确信人类的使命在于力求道德完善，这种完善是容易的，可能的，永远要进行的。但是直到如今，我只喜欢从这种信念中发现一些新思想，在道德和事业方面为未来草拟辉煌的计划；但是，我的生活依旧沿着平凡的、错综的、闲散的方式进行下去。

我和我所崇拜的朋友德米特里（我有时暗自称他为<u>不可思议的米佳</u>①）常常交谈的那些合乎道德的想法，仍然只投合我的理智，而不投合我的感情。但是有那么一天，这些思想以那么朝气蓬勃的精神启示的力量涌上我的脑际，使我一想到自己浪费掉那么多大好光阴就大吃一惊，立刻，就在这一秒钟，希望把这些思想运用到生活中去，并且决心永不改变它。

我认为这就是<u>青年时代</u>的开始。

那时我将满十六岁。教师们仍然来教我功课。St.-Jérôme监督我的学习，我迫不得已地、勉勉强强地准备考大学。除了学习以外，我的工作就是：独自毫无系统地胡思乱想；进行体操锻炼，打算变成世界上第一名大力士；有时漫无目标、毫无

---

① 米佳是德米特里的小名。

主意地在所有的房间里，特别是在使女室的走廊里游荡；或者照照镜子，不过照了以后，我总是怀着灰心丧气，甚至厌恶的沉重心情走开。我不但深信我长得很丑，甚至不能用在这种情况下的通常慰藉来安慰自己。我不能说，我长着一副富于表情的、聪明的、高尚的面孔。脸上毫无表情，五官极为普通，又粗，又丑；灰色的小眼睛，特别是当我照镜子的时候，与其说是聪颖，不如说是愚笨的。至于大丈夫气概，那就更缺乏了：虽然我身材不矮，按年龄说也是十分强壮的，但是我面部的轮廓柔和松弛、不分明，甚至也没有一点高贵的气度；恰好相反，我的脸和普通农民的一样，而且我也长着那样的大手大脚。当时这使我觉得非常难堪。

春天

我进大学那一年，复活节不知怎么推迟到四月①，因此考试预定在复活节后一周内举行，而在复活节前一周我必须斋戒祈祷，同时做考试的最后准备。

下过一场夹雪的小雨（卡尔·伊万内奇称之为"子随父来"）之后，已经风和日丽，晴了三天。街道上看不见一堆残雪，潮湿光亮的路面和急流代替了污浊的泥浆。在阳光照耀下，房檐滴下最后的水滴，花园里枝头上已经鼓起了嫩芽，院子里有一条干爽的小路从冻硬的粪堆旁边通到马厩，台阶的石头缝里出现了绿色藓苔。这是春天的一个特别时节，它非常强烈地打动着人的心灵：明媚的阳光普照着万物，但是并不炎热；水流淙淙，雪融后露出了地面；空气中充满芬芳清新的气息，蔚蓝的天上点缀着一缕缕透明的白云。不知道为什么，不过我觉得，在大城市里，初春时节对于心灵具有更显著、更强烈的影响。春色虽未艳，春意却正浓。朝阳透过双层窗玻璃，把布满灰尘的光线投射到我讨厌得要命的教室地板上，这时，我站在窗口正在黑板上解一道很长的代数方程式。我一只手拿着一本软皮

---

① 复活节为基督教纪念"耶稣复活"的节日。规定每年春分月圆后第一个星期日为复活节。因历法不同，正教复活节的具体日期同天主教、新教常相差一两个星期。

的、破破烂烂的弗兰克尔《代数学》，另一只手拿着一小段粉笔，我的双手、脸上和小燕尾服的肘部都沾满了粉笔末。尼古拉系着围裙，卷起袖子，在用钳子敲油灰，撬开面对着花园的窗户上的钉子。他的工作和他弄出来的响声吸引了我的注意力。又加上我心情很坏，满肚子不高兴。不知怎的，一切都不顺利。我一开始就算错了，因此全得从头来；我掉了两次粉笔；我感到脸和手都弄脏了，海绵擦子也不知道丢到什么地方去了，尼古拉的敲打声使我心烦。我想发脾气，抱怨几句；我扔下粉笔和《代数学》，开始在房间里踱来踱去。但是我忽然记起今天是复活节前一周的星期三，我们今天要去忏悔，应该避免一切不好的行为；我突然产生了一种特别的、温和的心情，于是我走到尼古拉跟前。

"让我来帮你的忙，尼古拉。"我尽量用最柔和的声音说。一想到我能压制住内心的烦恼来帮他的忙，这种行为很不错，我的温和的心情就更加强了。

油灰敲掉了，钉子起出来了。尼古拉虽然拼命拉窗边横条，但是里层窗子却纹丝不动。

"我跟他一起拉，要是窗框立刻下来，那就是要倒霉，"我心里想，"那我今天就不学习了。"可是这时窗框歪到一边，给取了下来。

"把它搬到哪儿去?"我问。

"我自己来,"尼古拉回答,显然对我的热心觉得诧异,而且好像很不满意,"不能弄乱,要不就搬到储藏室去,我得编上号码放好。"

"我给这个编上号码。"我举起一扇窗子说。

我觉得,如果储藏室有两俄里远,窗子再重一倍,那我就非常满意了。我愿意帮尼古拉的忙,来消耗一下精力。当我返回房间的时候,碎砖头和盐块①已经搬到窗台上。尼古拉在用鹅毛把砂粒和冬眠的苍蝇从打开的窗口扫出去。清新芬芳的空气已经钻进房间,充满了空中。从窗口可以听到城里的喧哗声和花园里麻雀的喊喳声。

万物被照耀得光辉灿烂,屋里变得令人心情舒畅,一阵微微的春风吹动我的《代数学》的书页和尼古拉的头发。我走到窗口,坐在窗台上,把身子探到花园里,沉思起来。

一种新奇的、极其强烈和愉快的感觉突然浸透了我的心灵。潮湿的土地上,有些地方长出带黄茎的鲜绿草叶;溪流在阳光

---

① 把盐、沙和其他物品放在两层窗户之间,以便吸收潮气。

下闪闪发光，水里有泥块和木屑在打旋；紫丁香的树枝已经发红，它那鼓鼓的蓓蕾在窗下摇曳；树丛里的小鸟不住啁啾；发黑的篱笆被融雪浸湿了；尤其是，这馨香湿润的空气和怡人的阳光，清楚地向我显示了一种新颖而美好的事物，虽然我只能意会，不能言传，但是我要尽量来表达我的感受，——一切都向我展示了美、幸福和美德；说明了，对我说来样样都是唾手可得，缺一不可，甚至美、幸福和美德都是一而二，二而一的东西。"我怎么会不理解这一点呢？我以前有多么不好呀！将来我会，而且一定会多么快乐和幸福呀！"我自言自语说，"我必须快快地，快快地，马上变成一个截然不同的人，开始另外一种生活。"虽然如此，我依旧在窗台上坐了好久，无所事事地幻想着。您有过这样的情形吗？夏天，在阴雨连绵的日子里，白天躺下睡觉，日落时醒来，睁开眼睛，窗户的方格在我眼前渐渐扩大，在被吹得鼓鼓的、帘子横木敲打着窗台的纱帘下面，看见被雨水淋湿的菩提林阴路那阴暗、发紫的路面和湿漉漉的、被明亮的夕阳照亮的花园小径，突然听见花园里鸟雀愉快的鸣啭，看见被夕阳照得透明的昆虫在敞开的窗口盘旋，嗅到雨后空气的清香，心中想道："睡得错过了这样美妙的黄昏真是难为情！"于是连忙跳起来，到花园里去享受生活的乐趣。如果您有过这种情况，就可以作为我当时体验到的强烈感情的例证了。

幻　想

"现在我要忏悔,要洗净一切罪过,"我想道,"我再也不(想到这儿,我记起使我最痛苦的所有罪过)……我每星期天一定去教堂,过后再读一个钟头的《福音书》;再有,我上大学以后,从每月领的白票①里一定拿出两个半卢布(十分之一)施舍给穷人,做得不让任何人知道,不给要饭的,我要找那些无亲无故的穷人,比如孤儿或者老太婆。

"我自己会有一个房间(大概是 St.-Jérôme 住的那间),我要亲自拾掇它,弄得特别干净;我不让仆人帮我做一点事。仆人是跟我一样的人呀!再有,我每天要步行到大学去(如果他们给我一辆马车,我就卖掉,把这笔钱也施舍给穷人),一切我都要严格奉行(这'一切'究竟是什么,当时我怎么也说不出来,但是我清清楚楚地明白和感到这'一切'是合理的、合乎道德要求的、无可责难的生活)。我要写讲演稿,甚至事先温习各门功课,这样第一年我会得到第一名,还要写一篇论文;第二学年所有的功课我事先都会了,我可以跳级升到三年级,这样我十八岁就毕业,得第一名,获得学士学位和两枚金质奖章;以后我就得到硕士学位、博士学位,成为俄国第一流的学

---

① 旧俄票面值二十五卢布的钞票。

者……甚至会成为欧洲最博学多识的人……嗯，以后呢？"我问自己。但是这时我忽然想起，这些幻想是骄傲，是罪过，今天晚上我得向神父忏悔，于是我又回想开头沉思的事。"为了准备讲演稿，我要步行到麻雀山①去；我在那儿树底下挑选个地方，读讲演稿。有时候我要带点吃的东西：干酪，或者彼多蒂油炸包子，或者别的什么东西。我要休息一下，看看什么好书，或者画画风景画，玩玩什么乐器（我一定要学着吹笛子）。随后她也到麻雀山来散步，有那么一天，她会走到我跟前，问我尊姓大名。我就像这样，愁容满面地望着她，说我是某个神父的儿子，只有在这儿，当我只身一人的时候，我才感到幸福。她跟我握手，说几句话，就坐到我身边。这样我们每天都到那儿去，成为朋友，于是我吻她……不，这可不好。相反地，从今天起我再也不看女人一眼。我永远，永远也不到使女室里去，甚至尽量不从使女室门前经过；但是三年之后我就成人了，我一定要结婚。我要尽可能地多多运动，每天做体操，这样，我二十五岁的时候，就会比拉波②还强壮。第一天我挺举半普特，举五分钟，第二天举二十一俄磅③，第三天举二十二俄磅，依

---

① 在莫斯科西南，即今日莫斯科大学所在地。
② 拉波是一位著名的大力士，体操家，一八三九年曾在莫斯科表演。
③ 1俄磅合409.51克。

此类推，这样，总有一天，我每只手可以举重四普特，比哪一个奴仆都有力气；一旦有人想欺侮我，或者说她的坏话，我就这样轻而易举地揪住他的胸膛，一只手把他举得离地面两俄尺①，就这样举着，让他晓得我的厉害，然后再放开他；不过，这也不大好，不，没关系，反正我不伤害他，只露一手，让他瞧瞧我……"

但愿大家别责备我，说我青年时期的幻想还像童年时代和少年时代的幻想一样幼稚。我深深相信，若是我命中注定活到高龄，而我的故事能够赶上我的年龄，那么，当我变成七十岁的老翁时，我依旧会像现在这样，怀着不会实现的、幼稚的幻想。我会幻想有那么个妩媚动人的玛丽亚，她会爱上我这没牙的老头，就像她爱上马泽帕②一样，幻想我那愚笨的儿子由于特别的机缘当上部长，或者，幻想我突然间拥有百万家财。我深信，任何年龄的任何人都具有这种有益的、令人宽慰的幻想能力。但是，除了一般的特征，即幻想不可能实现和幻想有魔力而外，每个人和每个不同年龄的幻想各有不同的特点。在我认为是少

---

① 1俄尺合0.71米。
② 马泽帕（1644—1709），乌克兰的军事头目，一七〇〇年俄国与瑞典打仗时，他加入瑞典部队，成了乌克兰人民的叛徒。这里表示决不会爱上他的意思。

年时代终结和青年时代开始的那个时期,我的梦想建筑在四种感情上。第一种感情是对她,对一个想象中的女人的热爱,我总是按照一个样子去幻想她,希望随时随地会和她相逢。这个她有点像索涅奇卡,有点像用洗衣盆洗衬衫时的瓦西里的妻子玛莎,又有点像好久以前我在戏院隔壁包厢里见过的那个白脖颈上戴着珍珠项链的女人。第二种感情是希望被爱。我愿意人人都认识我,都爱我。我想说出自己的名字:尼古拉·伊尔捷尼耶夫,而且希望这会使所有的人感到震惊,他们都包围住我,为了什么事向我道谢。第三种感情是希望得到一种非同寻常的、虚荣的幸运,这种感情是那么强烈,那么有力,简直使我疯狂。我深信,由于什么不寻常的机会,不久我就会突然成为世界上最富有、最显赫的人物,我心里乱极了,不断期待着得到奇妙的幸福。我总希望,从现在就开始,我会获得一个人所能希冀的一切,因此我总是到处奔忙,以为它已经在我不在的地方开始了。第四种,也是最主要的感情,就是厌恶自己和悔恨,但是悔恨和向往幸福完全融合到一起,因此其中毫无悲伤的成分。我觉得摆脱过去的一切,改变和遗忘一切往事,完全改变一切关系,重新开始生活,好使过去不压迫我,不束缚我,这是那么轻而易举、十分自然的事。我甚至以厌弃过去当作乐事,极力把它看得比实际情况更为阴暗。回忆往事的境界越阴暗,光明灿烂的现在就显得更加辉煌,绚丽的未来就展现得更加艳丽。这种悔恨和热烈希望完美的声音,在我发育的这段时期,是我心灵中主要的新的感觉,就是它,给我对自己、对人类、对上帝的看法建立了新的基础。幸福、愉快的声音,以后,在我的心灵默默地屈服在尘世的虚伪和淫乱的势力之下的悲哀时刻,它有多少次突然间勇敢地奋起反抗一切虚伪欺诈,毫不留情地揭露过去,指给我看,使我爱光明的现在,使我对幸福愉快的未来怀着希望,——幸福的、愉快的声音啊!难道有朝一日你会不再发出响声吗?

四

我的家庭圈子

今年春天爸爸很少在家。但是每逢在家的时候，他总是非常高兴；他在钢琴上乱弹他心爱的曲子，对我们使些慈爱的眼色，捏造些事情同米米和我们大家开玩笑，比方他说，米米乘车出去兜风，被一个格鲁吉亚王子看见了，他对她一见钟情，以致请求东正教最高会议批准他离婚；他又说政府已经派我做维也纳公使的助手，——而且是一本正经地向我们宣布这些新闻。卡坚卡害怕蜘蛛，他就用蜘蛛吓唬她；他对我们的朋友杜布科夫和涅赫柳多夫非常和蔼，一再向我们和客人们述说他未来的计划。虽然这些计划几乎天天变更，而且自相矛盾，但是它们却那么有趣，使我们都听出了神，柳博奇卡目不转睛地盯着爸爸的嘴，唯恐遗漏片言只语。爸爸一会儿计划让我们留在莫斯科上大学，而他带着柳博奇卡到意大利去上两年；一会儿计划在克里木南海岸置一个庄园，每年夏天到那里去避暑；要不就是全家搬到彼得堡，等等。但是除了这种特别的活泼态度而外，爸爸身上最近还发生了一个使我大为吃惊的变化。他定做了时髦的服装——一身橄榄绿色的礼服，裤脚有套带的时髦裤子和一件对他非常合适的长大衣；他去做客的时候身上时常散发出好闻的香水味，特别是拜访某位夫人的时候，米米一提到她就叹气，从她的脸上可以清楚地看出这样的话来："可怜的孤儿们！不幸的情欲！她不在了倒好！"诸如此类。我听尼古拉说（因为爸爸从来不跟我们讲他赌钱的事），他今年冬天赌钱特别走运，赢的钱多极了，把钱存在当铺里，打算春天不再赌了。大概是怕管束不住自己，所以他想尽快到乡下去。他甚至决定，不等我进大学，复活节以后立刻就带着姑娘们去彼得罗夫斯科耶，我和沃洛佳随后再去。

整个冬天，一直到春天，沃洛佳和杜布科夫始终形影不离（他们开始对德米特里冷淡了）。根据我听到的谈话来推测，他们的主要乐趣是不断地喝香槟酒，乘着雪橇从他们俩似乎都爱上的一位小姐的窗下驰过，不再在儿童舞会上，而在真正的舞会里面对面地跳舞。虽然我和沃洛佳相亲相爱，后面这种情况却使我们疏远了好多。我们觉得，在还有教师们来教课的男孩和在成人舞会上跳舞的男子之间有那么大的差异，以致我们不敢互通心曲。卡坚卡已经长大成人，看过大量小说，我已经不觉得她快要结婚的念头是笑话了；不过，虽然沃洛佳也长大成人，但是他们并不接近，甚至好像谁也看不起谁。总之，卡坚卡一个人在家时，除了看小说，对别的什么都不感兴趣，她多半是烦闷无聊；但是，当我们有男客的时候，她就变得十分活泼可爱，挤眉弄眼，而我实在不明白她这样是想表示什么。直到后来，在谈话中间我才听她说，唯一准许少女的卖弄风情，就是眉目传情，于是我懂得了这种别人毫不感到惊异的怪模怪样的、矫揉造作的眉来眼去。柳博奇卡也开始穿长一些的衣裳，这样一来，她的罗圈腿就几乎遮得看不见了，不过，她还像从前那样好哭。现在她已经不梦想嫁给骠骑兵，而是想嫁给一个歌唱家或音乐家，因此热心学音乐。St.-Jérôme 晓得他在我们家只能待到我考试完毕为止，他已经在某伯爵家找到一个位置，从那时起就有点看不起我们家的人了。他很少在家，开始抽起香烟来，——这在当时非常出风头，还不断地用纸片吹一些快乐的曲子。米米一天天地变得越来越悲伤，仿佛从我们大家开始长大的时候起，她就对任何人、任何事都不存什么希望了。

我来吃午饭的时候，在饭厅发现只有米米、卡坚卡、柳博奇卡和 St.-Jérôme；爸爸没在家，沃洛佳正和同学们在自己的房间里准备考试，吩咐把饭给他送去。最近饭桌的首位多半是由我们谁都不尊重的米米来占据，午餐失去了很多的魅力。午餐已经不像妈妈或者外祖母在世时那个样子；从前，可以说午餐是在一定的时间把全家集合到一起，把一天分成两半的一种仪式。现在我们敢于迟到，上第二道菜时才来，用玻璃杯喝酒（这是 St.-Jérôme 亲自给我们立的榜样），懒洋洋地靠在椅子上，还没吃完就站起来，以及诸如此类的随随便便的举动。午餐不再是往日那样愉快家庭每天的庆祝聚会了。这哪像在彼得罗夫斯科耶呀！那时在两点钟，我们都梳洗停当，穿好衣服去吃午饭，坐在客厅里愉快地谈着天，等待着指定的时刻来临。当仆从室的钟刚要敲两点钟的时候，福卡胳膊上搭着餐巾，带着庄重而有几分严峻的神情，迈着轻快的步子走进来。他用大嗓门拉长声音宣布说："开饭了！"于是我们大家带着快活的、满意的神情，年长的在前，年幼的在后，顺序走进饭厅，浆硬的裙子窸窣作响，靴鞋发出轻微的咯吱声，大家小声交谈着，各就各位。或者说，这也不像在莫斯科呀！那时我们都站在大厅里摆好餐具的桌旁，悄声细语，等着外祖母，加夫里洛已经去向她通报午饭摆好了。突然间，门打开了，我们听到衣服的窸窣声和缓慢的脚步声，外祖母戴着系有特殊的紫色缎带的帽子，微笑着，或者忧郁地斜视着（看健康情况而定），从容地从自己的房间里走出来。加夫里洛赶紧走到她的安乐椅旁边，这时发出一阵挪动椅子的声音，每个人的脊背都感到一阵寒战（这是好胃口的预兆），拿起浆好的、有些发潮的餐巾，吃一片面包，怀着迫不及待的、令人喜悦的食欲在桌下搓搓手，望着管家按照等级、年龄和外祖母的眼色顺序端上来的、热气腾腾的汤盘。

现在我来吃午饭时,再也感觉不到丝毫的喜悦和激动了。

米米、St.-Jérôme 和姑娘们议论着俄国教师穿的靴子是多么糟糕,科尔纳科娃公爵小姐们穿着什么样带褶的衣服,等等。对他们这样说长道短,以前我真是从心眼里蔑视,特别是对柳博奇卡和卡坚卡,我都不想掩饰我的这种蔑视。可是现在他们的闲谈却再也扰乱不了我这种新的、美好的心境了。我非常温柔,特别和蔼地微笑着听他们讲话,客客气气地请他们把克瓦斯递给我,当 St.-Jérôme 在饭桌上纠正我的话,说 je puis 比 je peux[①]讲起来更好听的时候,我表示同意。不过,我应当承认,因为谁也不特别注意我的温柔与善良,这使我有几分不快。午饭后柳博奇卡给我看一张纸,上面记着她所有的罪过;我觉得这很好,不过把自己所有的罪过都记在心上会更好些,而且这一切都不对头。

"哦,这样也不错;你不了解我。"于是,我对 St.-Jérôme 说要去学习,就回楼上自己的房间去了,但实际上在忏悔以前

---

① je puis 和 je peux 在法语里都是"我能够"的意思,peux 是正常的文法变化,puis 是不规则的变化,但人们认为这样说好听一些。

还有一个半钟头,趁这工夫,我要为自己的一生定个义务表和日程表,把自己的人生目的和永远要奉行不渝的准则写到纸上。

五

准 则

我拿起一张纸，最初想写下明年的义务表和日程表。需要在纸上画线。但是因为找不到尺子，我就拿拉丁语字典来代替。用钢笔沿着字典的边画了线再把字典移开，结果是，不但线没有画成，反而在纸上留下长长一道墨迹，字典不够纸的长度，画到字典的软角上，线就弯了。我又拿了一张纸，挪动着字典，将就着画好一道线。我把义务分成三类：对自己的义务，对别人的义务和对上帝的义务。我先写第一类，哪知道它们有那么多项目和那么多种类，非先写出"生活准则"，然后再列表不可。我拿起六张纸，订成本子，在封皮上写了"生活准则"几个字。但是这几个字写得歪歪斜斜，很不整齐，我考虑了好半天，要不要重新写过？望着这份撕破了的表格和这么难看的标题，我苦恼了好久。为什么在我心灵里，一切是那么美好，那么清晰，而当我想要把我所计划的任何东西付诸实行的时候，结果写在纸上和在生活中竟是那么不像样呢？……

"神父来了，请下楼听训诫吧。"尼古拉来通报说。

我把本子放到桌子抽屉里，照了照镜子，把头发梳上去，我认为这样能使我显出一副沉思的神情。我走进起居室，那里已经摆好一张铺着台布的桌子，上面放着圣像，点着几支蜡烛。爸爸从另外一扇门与我同时走进来。神父是一个白发苍苍的修道士，板着老脸，向爸爸祝福。爸爸吻了吻他那又短又宽的、枯干的小手，我也照样做了。

"叫弗拉基米尔来，"爸爸说，"他在哪儿？不，不要找他了，他一定是在大学里斋戒。"

"他正在招待公爵呢。"卡坚卡说，瞥了柳博奇卡一眼。不知为什么柳博奇卡突然脸红了，皱起眉头，假装有些不舒服，走出屋去。我跟着她走出去。她在客厅站住，又用铅笔在纸上记什么。

"怎么，你又犯错误了吗？"我问。

"不，没什么，没什么……"她回答说，满面红晕。

这时，前厅里传来德米特里向沃洛佳告别的声音。

"哎呀，一切对你都是诱惑。"卡坚卡走进屋里对柳博奇卡说。

我不明白姐姐出了什么事：她羞愧得眼泪汪汪，窘迫到了极点，不但生自己的气，也生卡坚卡的气，因为卡坚卡分明在嘲弄她。

"哦，一眼就看得出你是个外国女人（再也没有比叫卡坚卡'外国女人'更让她难过的了，因此柳博奇卡就用这个字眼）。在这样的圣礼之前，"她用庄严的语气接着说，"你是存心叫我难过的……你要明白……这可不是儿戏……"

"尼古连卡,你知道她写了什么?"卡坚卡说,因为叫她外国女人而非常生气,"她写了……"

"我没有想到你会这么坏,"柳博奇卡说,她大哭着离开了我们,"在这种时候,总是故意引人犯罪。我并没有老没完没了地提你的感情和痛苦呀。"

六

忏悔

我心不在焉地想着心事回到起居室,那时大家都聚在这儿,神父站起来,准备诵读忏悔前的祈祷文。但是当神父一诵读祈祷文,他那富于表情的严厉声调在一片静寂中回响,特别是当他对我们说"毫不羞愧,毫无隐瞒,毫不辩解,坦白说出你的一切罪过,你的灵魂就会在上帝面前涤净,如果你隐瞒,你就犯了大罪"的时候,我早晨想到即将来临的圣礼时体验到的虔敬心情又涌上心头。我在意识到这种心情时甚至感到乐趣,极力要留住它,一面制止涌上心头的种种思绪,一面增强某种敬畏的心情。

爸爸第一个去忏悔。他在外祖母的房里逗留了好久,这段时间我们一直在起居室里沉默不响,或者小声商量谁先去。我们终于又听到门那边神父诵读祈祷文的声音和爸爸的脚步声。那扇门吱呀响了一声,爸爸从里面走出来,照老习惯轻轻咳嗽一声,耸着肩膀,对我们任何人望也不望。

"现在你进去吧,柳芭,记住,要统统说出来。要知道,你是我的大罪人!"爸爸愉快地说,在她的脸蛋上捏了一把。

柳博奇卡脸上一阵红一阵白,从围裙里掏出她的字条,又放回去,低下头,不知怎地缩着脖子,好像等待来自上方的打击一样,走进门去。她没有逗留很久,但是当她从门里出来的时候，抽噎得两肩直耸动。

美貌的卡坚卡笑眯眯地从门里走出来以后，终于轮到我了。我走进那间半明半暗的房间，怀着不太强烈的恐惧心情，并且心里愿意使这种心情越来越强烈。神父站在讲经坛前，慢腾腾地扭过脸来朝着我。

我在外祖母的房里只逗留了五分钟，但是出来的时候很高兴，我当时认为自己是一个完全纯洁的、在道德上重生的新人了。虽然旧日的一切生活环境——还是那些房间，还是那样的家具和我的依然如故的身形（我很愿意外表的一切都改变，就像我觉得内心已经改变一样）——使我感到不快，但是直到上床睡觉以前，我始终怀着那种欢愉的情绪。

我一边思索着我已经涤净的一切罪过，就沉沉入睡了，但在这时，我猛然回忆起一桩我忏悔时隐瞒了的可耻过错。忏悔前的祈祷文又浮上我的心头，不住地在我耳朵里鸣响。我的宁静心情转眼间就消失了。"如果你隐瞒，你就犯了大罪……"我不住地听到这话，意识到自己是那么罪孽深重的人，随便给我什么惩罚都不够。我翻来覆去地折腾了好久，思考着自己的处境，随时随刻等待着上帝的惩罚，甚至想到可能让我暴死，这个念头使我充满说不出的恐怖。但是突然间我想出个好主意：

天一亮我就徒步或者坐车到修道院去见神父,再忏悔一次,——于是我就安心了。

七

去修道院

夜里我醒了好几次,怕睡误了事,早晨六点钟就起了床。窗外天色刚泛白。我穿上衣服和靴子(衣服皱成一团,靴子也没有擦,都摆在床边,因为尼古拉还没有来得及收拾它们),没有祷告上帝,也没有梳洗,就平生第一次独自出门了。①

在对面一幢大房子的绿屋顶后面,晨曦透过寒雾泛出红光。春晨的严寒冻硬了泥土,冻结了小溪,冻疼了我的脚、脸和手。我们那条巷子里还没有一辆马车,我盼望能找到一辆,好快去快回。只有几辆货车在阿尔巴特街上行驶着,两个泥水匠一边聊天,一边从人行道上走过去。我走了一千来步,才遇见一些男人和提着篮子去市场的女人;我遇见去汲水的水车;在十字路口出现一个卖油炸包子的小贩;有一家面包房正在开门。在阿尔巴特门附近,我碰见一个年老的车夫,坐在他那辆外皮剥落、满是补丁的淡蓝色破马车上,摇摇晃晃地打着盹。他一定还没睡醒,到修道院往返路程,只向我要二十戈比。但是,他突然清醒过来,我刚要上车,他便用缰绳梢打马,索性从我身边赶走了。"得喂马啦!不行,先生!"他嘟囔说。

我好容易才劝说他停下来,答应给他四十戈比。他叫马站

---

① 旧俄时贵族子弟受到严格的监护,直到长大成人。

住，注意地望望我说："上车吧，老爷。"我承认我有些害怕，怕他把我带到僻静的小巷里，抢劫我的东西。我揪住他的破外套的领子（这样一来，他那大驼背上布满皱纹的脖颈就可怜地露了出来），爬上高低不平、摇摇晃晃、淡蓝色的车座。于是，我们就一路颠簸沿着沃兹德威仁卡街驶下去。路上，我注意到马车背后盖着一块和车夫的外套料子一样的绿布，这种情况不知为什么使我平静下来，我不再怕他会把我带到偏僻的小巷里抢劫我了。

我们到修道院时，太阳已经高高升起，把教堂的圆顶镀成辉煌的金色。阴影里还很冷，但是整个路面上却流淌着混浊的急流，马在融雪的泥浆中啪嗒啪嗒地着。我走进修道院围墙，遇到第一个人，就问他怎样找到神父。

"那就是他的修道室。"那个过路的修道士说，站了一会儿，指着有台阶的小屋。

"多谢。"我说……

那些从教堂里鱼贯走出来的修道士都打量着我，他们对我是怎么想的呢？我既不是成人，又不是个孩子；头发没有梳，脸也没有洗，衣服上沾着毛，靴子没有擦，还沾着泥。打量我的那些修道士在心目中会把我归为哪一类人呢？他们注视着我。但是，我还是按照那个年轻修道士所指的方向走去。

一个穿黑衣服、长着两道白色浓眉的老头儿，在通往修道室的小路上和我相遇，问我有什么事？

一时之间，我想说"没有什么事"，然后跑回去，坐上马车回家；不过，尽管那老头儿双眉紧锁，他的脸相却让人信任。我说我要见忏悔神父，并且说出他的名字。

"来吧，少爷，我给您领路，"说着，他就折回去，显然立刻猜到我的情况，"神父在做早祷，过一会儿就会来的。"

他打开门，领我穿过整洁的过道和前厅，沿着干净的麻布地毯，走进修道室。

"您就在这儿等着吧。"他带着和善的、使人安心的神情说了这话就走出去。

我待的那个房间很小，拾掇得井井有条。全部家具是：一张摆在两扇小窗中间的、铺着漆布的小桌，窗台上摆着两盆天竺葵，一只圣像架，悬在圣像前的一盏灯，一把安乐椅和两把椅子。角落里挂着一只表盘上画着花卉的钟，链子上悬着两个铜锤；隔断顶上有刷了白灰的小木板连接着天花板，钉子上挂着两件长袍。隔断后面大概摆着一张床。

窗户外面两俄尺远有一堵白墙。窗户和墙之间长着一丛矮小的丁香树。外面没有一点声音传进来，因此，钟摆愉快而有节奏的嘀嗒声在寂静中显得很响亮。我单独待在一个静悄悄的角落里，我头脑里以前的种种思想和回忆马上都飞逝了，仿佛它们从来没有存在过似的。我完全陷入一种难以形容的愉快的沉思中。那件衬里破了的发黄的土布法衣，那些书籍的破烂的黑皮面和铜扣，那些叶子冲洗过、泥土也仔细浇过的深绿色盆花，特别是那钟摆单调的断断续续的响声，都清楚地向我说明了一种我至今还不晓得的新生活，一种孤独、祈祷、宁静、平安幸福的生活……

"一个月一个月地过去，一年一年地过去，"我心里想，"而他总是孤单单一个人，总是心情平静，在上帝面前总感到自己问心无愧，他的祈祷上帝已经听到了。"我在椅子上坐了半个钟头，极力不动身子，不大声喘气，唯恐破坏了对我有着很多启示的和谐声音。钟摆依旧嘀嘀嗒嗒地响着，往右边摆时响些，往左边摆时声音小些。

八

第二次忏悔

神父的脚步声把我从沉思中惊醒。

"您好，"他说，用手抚平他的白发，"您有什么事？"

我请求他为我祝福，怀着特别欢乐的心情吻了吻他那发黄的不大的手。

我向他说明了自己的要求，他什么都没有对我讲，就走到圣像前边，开始忏悔。

忏悔结束后，我克服了羞愧的心情，把心里的事都向他倾诉了。他把手放在我的头上，用嘹亮而柔和的声音说："我的孩子，愿圣父的恩典加在你身上，但愿他永远保持你的信仰、温顺和谦虚。阿门。"

我感到万分幸福；幸福的泪水哽住我的喉咙。我吻了吻他的毛布长袍的皱褶，抬起头来。神父的脸色非常平静。

我觉得我得到了一种深受感动的情绪，唯恐这种情绪被破坏。我赶紧辞别神父，目不旁视，免得分心，我走到墙外边，又坐上那辆摇摇晃晃的斑驳的马车。但是，车子的晃荡和眼前闪过的形形色色的物体，很快就驱散了这种情绪；我已经在想，神父现在大概在想，他平生从未遇见过，而且也不会遇见像我这样一个心灵美好的青年人，甚至根本就不存在这样的人。这一点我深信不疑；这种信念使我产生了一种快感，非常想对什么人说说。

我十分想同什么人谈谈,但是除了车夫,身边没有一个人,于是我就对他讲起来。

"我去了很久吗?"我问。

"这倒没什么。时间是很久了,马也早该喂了;要知道我是夜间赶车的。"老车夫回答,现在,由于阳光照耀,他显得比原先愉快多了。

"不过我却觉得,只有一会儿工夫,"我说,"你知道我为什么去修道院吗?"我补充了一句,向深处挪了挪,更挨近老车夫一些。

"我们哪里管得着那些事情?反正乘客叫我们把车赶到哪儿,我们就赶到哪儿。"他回答。

"不过,你到底怎么想呢?"我继续追问。

"大概是要埋什么人,去买坟地吧。"他说。

"不对,老头。不过,你知道我坐车去干什么吗?"

"我怎么知道,老爷。"他重复说。

我觉得车夫的声音是那么和蔼,为了教导他,我决定告诉他我出门的目的,甚至告诉他我体验的心情。

"你愿意我讲给你听吗?你可知道……"

于是我向他吐露了一切，而且向他描述了我的一切美妙心情。现在我一回忆起这件事，就不免脸红。

"真的吗？"车夫不相信地说。

后来，他一动不动地坐着，好久一声不响，除了偶尔理一理不住从他那穿着条纹裤的腿下面滑出来的上衣下摆，他那穿着大皮靴的脚在踏板上顿着。我认为，他对我的看法一定同神父一样，就是说，像我这样的好青年，世界上没有第二个。但是，他突然转过身来，对我说：

"那么，老爷，您的事是老爷的事。"

"什么？"我问。

"老爷的事情，老爷的事情。"他重复说，用没牙的瘪嘴唇嘟囔着。

"不，他没有了解我。"我暗自思索，不过一直到家门口，我再也没有同他讲话。

尽管在灿烂的阳光下，街上的人群到处都显得五光十色。一路上我心里怀着的虽不是深受感动和虔诚的心情本身，但却满意我曾体验过这种心情。可是，我一回到家里，这种情绪就完全消失了。我没有四十戈比付给车夫。我已经欠了管家加夫里洛的钱，他不肯再借给我。车夫看见我在院子里跑了两趟（为找车钱），他大概已经猜到我为什么跑来跑去，就从马车上爬下来，虽然我原来觉得他很和蔼，现在他却分明想要挖苦我，开口大声说，常常有一些骗子坐车不给钱。

家里的人还都睡着，除了仆人而外，我向谁也借不到四十戈比。最后，我用名誉担保，求瓦西里——从瓦西里的脸色看得出，他丝毫也不相信——不过，因为他喜欢我，而且记得我帮过他的忙，就替我付了车钱。我的那种心情烟消云散了。当我开始穿衣服去做礼拜，好同大家一起去领圣餐的时候，我才知道我的衣服没有改好，不能穿，我的罪孽真是太大了。我穿上另外一件衣服，怀着一种异样慌张的心情去领圣餐，心里完全不相信自己的良好意向。

九

我怎样准备考试

复活节那一周的星期四，爸爸、姐姐、米米和卡坚卡下乡去了，这样，就只剩下沃洛佳、St.-Jérôme 和我留在外祖母的大宅邸里。忏悔那天和我去修道院那天的心情完全消逝了，只留下一种模糊的、但是非常愉快的回忆，而这种回忆越来越被自由生活的新的印象压下去了。

题着"生活准则"的记事簿也同我的草稿本一起收藏起来。我认为可能为一切生活情况制定准则，甚至永远以它们作为行动的指南，我很喜欢这种想法，认为这种想法很简单同时又很伟大，我还打算把它运用到生活中去。不过，我好像又忘记这种想法需要立即付诸实行，老是把它往后拖延。但是，使我可以自慰的是，现在涌到我头脑里的一切思想，都同我的准则和义务中的某一项恰好吻合：不是同对待别人的准则吻合，就是同对待自己或者同对待上帝的准则吻合。"那时候，我把这一项写在这儿，以后还会有许许多多同这问题有关的思想涌上心头。"我自言自语地说。现在我常常自问：是当时我相信人类的智慧万能的时候，我更好和更正确呢，还是现在，当我失去了发展的能力、怀疑人类智慧的力量和意义的时候，我更好和更正确呢？我无法给自己一个肯定的答案。

自由的意识，以及我提到过的那种有所期待的春天的情绪，使我兴奋得完全无法控制自己，考试准备得非常糟。我往往在教室里学习一早晨，而且明明知道必须用功（因为明天有一门考试，我还有整整两道题没有读完），但是突然闻到窗口有一股春天的气息，好像我非得马上追忆什么不可，我的双手就自然而然地放下书本，两脚就自动地活动起来，在屋里踱来踱去；脑子里好像被什么人拧紧发条，开动了机器；各种各样愉快的、离奇的幻想开始那么轻快、自然而又飞速地掠过脑际。我只来得及看到它们闪耀的光芒。于是，一两个钟头就不知不觉地消逝了。要不然，我就对着书本坐着，勉强把全部注意力集中在读的书上，这时突然听到外面走廊上有女人的脚步声和衣服的窸窣声，于是把一切都抛到脑后，坐不住了，虽然我非常清楚，除了外祖母的老女仆加莎，谁也不会在走廊上走过。"不过，万一是她呢？"我想，"万一现在就开始，而我错过机会了呢？"于是我跳进走廊，看见果然是加莎；但是事后我好久还定不下心来。发条拧紧了，脑子里又是一团乱麻。要不然，傍晚我点着一支蜡烛独自坐在房间里，为了剪剪烛花或是变换一下坐的姿势，我的心思就突然离开书本，看见门口和角落里到处黑洞洞的，听见整座房子里都是静悄悄的，于是又不能不停下来，不能不倾听这片寂静，不能不从通暗室的门口望着这片黑暗，不能不一动不动地待上好久，或者下楼走过所有的空房间。更常有的情形是，黄昏时分，我不惹人注意地在大厅里坐上好久，倾听《夜莺曲》，这是加莎单独坐在大厅里，在烛光下用两个指头在钢琴上弹出来的。至于在皎洁的月光下，我根本不能不从床上爬起来，躺在朝着花园的窗台上，凝视沙波什尼科夫家映着月光的屋顶，凝视我们教区庄严的钟楼和横在花园小径上的篱笆和树丛的夜影；我不能不这样逗留好久，以致第二天早晨十点钟才好不容易醒来。

因此，要不是继续前来给我上课的教师们，要不是 St.-Jérôme 有时不得不激起我的自尊心，更主要的，要不是想在我的朋友涅赫柳多夫的心目中显得像个能干的青年，也就是说，以优异的成绩通过考试（这在他的观念中是非常重要的事情），要不是为了这些，春天和自由就会使我忘记以前熟悉的一切，无论如何也考不取了。

十

历史考试

四月十六日，在 St.-Jérôme 的护送下，我第一次走进大学的大厅。我们是坐着我们家相当豪华的四轮马车来的。我生平第一次穿上燕尾服，我的全部服装，连衬衣和袜子，都是最新式、最好的。当门房在楼下帮我脱大衣，而我衣着华丽地站在他面前的时候，我甚至因为自己那么光彩夺目而有些害羞。但是当我一走进挤满了人的镶花地板的明亮大厅，就看见几百个穿中学生制服或者燕尾服的青年（其中有的冷冷看我一眼），还有态度傲慢的教授在远处桌子中间随便地踱来踱去，或者坐在大安乐椅上。一看见他们，我那种盼望引起普遍注意的心思就立刻化为乌有了；在家里，甚至在大学的门廊里，我脸上的表情还仿佛是懊悔我违反本意显得那么高贵，那么神气，此刻也变得非常胆怯，而且有点颓丧了。我甚至趋于另一个极端，当我看见近处的凳子上坐着一个衣冠不整、特别寒酸，年纪还不老，但是头发几乎全白了的人的时候，我居然高兴极了。这个人远离人群，坐在最后一排凳子上。我立刻挨着他坐下，开始打量那些考生，给他们下判断。这里有形形色色的身形和面孔，但是按照我当时的看法，他们可以很容易地被归为三类。

有的像我一样，由家庭教师或者父母陪着来考试，这些人里有伊温家最小的孩子由我认识的弗劳斯特陪着，有伊连卡·格拉普由他的老父亲陪着。所有这些人的下巴都毛茸茸的,露出干净的衬衣,规规矩矩地坐着,并不翻阅他们随身带来的书本和笔记。他们带着明显的畏怯神情望着教授和考桌。第二类考生是一些穿中学生制服的青年人,其中有许多人已经刮过胡子。他们大多数彼此都认识,大声交谈着,称呼着教授的教名和父名,当场准备问题,互相传递笔记本,从凳子上跨过去,从门廊拿来油炸包子和夹肉面包,当场就吃起来,只是把头低到凳子那么高。最后一类,也就是第三类考生,为数并不多,年纪很大,有的穿着燕尾服,而大多数穿着常礼服,没有露出衬衫。这些人举止非常严肃,独自坐着,神色非常忧郁。那个由于穿着的确比我寒酸而使我感到自慰的学生就属于最后这一类。他双手托着头,指缝里露出乱蓬蓬的花白头发,他正在读一本书,闪闪发光的眼睛偶尔向我投来短暂而不友好的一瞥,闷闷不乐地皱紧眉头,把光滑的胳膊肘又向我这边挪挪,使我不能更挨近他。中学生们恰好相反,他们自来熟,我真有点怕他们。比如,有个中学生把一本书塞到我手里说:"请递给他,那边。"另外一个从我身边走过时说:"让让路,老兄。"第三个从条凳上爬过去的时候,用手扶住我的肩头,像扶桌子一样。这一切我觉得又粗野又令人不快;我自认为比这些中学生高明得多,认为他们不应该对我这样不拘礼节。终于开始点名了。中学生们大胆地走上去，大部分回答得很好，兴高采烈地回来；我们这一类人却胆怯得多，似乎回答得也不好。年纪大的一类人中，有几个回答得非常出色，有一些很糟糕。叫到谢苗诺夫的时候，我旁边那位头发花白、目光炯炯的人粗鲁地推了我一把，从我腿上迈过去，走到桌子跟前。从教授们的神色可以看出，他回答得出色而又大胆。他回到原来的座位之后，不等着听他得了什么分数，就沉着地拿起自己的笔记本走了。听到点名的声音，我已经战栗了好几次，虽然已经叫了一些以"K"字为首的姓名，但是按照字母的排列次序还没有轮到我。"伊科宁和捷尼耶夫！"突然有人从教授们那个角落呼唤道。一阵寒战掠过我的脊背和发根。

"叫谁？谁是巴尔捷尼耶夫？"我附近的人们议论说。

"伊科宁，去吧；叫你呢。但是谁是巴尔捷尼耶夫，或者莫尔捷尼耶夫？我可不知道。是谁，谁就答应吧！"站在我身后的一个身材魁伟、面色红润的中学生说。

"是您。"St.-Jérôme 说。

"我姓伊尔捷尼耶夫，"我对那个面色红润的中学生说，"叫伊尔捷尼耶夫了吗？"

"是呀！您为什么不去？……你瞧瞧，真是个公子哥儿！"他补充说，声音虽然不大，但是当我从凳子后面走过去时，可以听到他的话。走在我前面的是伊科宁，他是个二十五六岁的身材高大的青年人，属于第三类，即年龄大的一类。他穿着紧身橄榄绿色礼服，打着蓝缎子领带，长长的淡黄色头发按照农民的样式很细心地往后梳着。坐在条凳上时，我就注意到他的外表了。他长得并不难看，爱讲话，但是最使我惊异的是，他那异样的红黄色头发居然拖到喉咙上，他还有个奇怪的习惯：不断解开背心的扣子，把手伸到衬衣里搔胸脯。

我和伊科宁一同朝桌边走去，桌后坐着三位教授；他们没有一个人向我们还礼。一位年轻的教授像洗纸牌一样洗那堆考签；另外一位教授，燕尾服上别着一枚勋章，他正盯着一个滔滔不绝地讲查理曼大帝[①]的某些事迹、每说一句就加上一个"后来"的中学生；第三位教授是个戴眼镜的老头儿，他低着头，从镜片上边望着我们，指着考签。我觉得他的目光是同时对着伊科宁和我的，而且他对我们身上的某一点很不满意（可能是伊科宁的红黄色头发），因为他又看了我们一眼，就不耐烦地

---

① 查理曼大帝（732—814），七六八年起为法兰克王，八〇〇年起为皇帝。

把头一昂,要我们赶快抽签。我又气又恼,首先是因为没有一个人向我们还礼,其次是因为他们显然把我和伊科宁相提并论,归到一类考生里去了,由于伊科宁的红黄色头发,对我也已经抱有成见。我毫不畏怯地抽了根签,准备回答;但是,那位教授却朝着伊科宁使了个眼色。我看看我那个签条上的问题,原来是我很熟悉的。于是我便静候轮到自己,一面观察在我面前发生的事情。伊科宁毫不胆怯,甚至过分大胆地侧着身子上去抽签,把头发往后一甩,敏捷地看了看写在签上的问题。他张开嘴巴,我觉得他开始要回答了,这时佩着勋章的教授用称赞的话打发走一个中学生,突然看了他一眼。伊科宁好像想起了什么,停了下来。全体沉默了两三分钟。

"说呀!"戴眼镜的教授说。

伊科宁张开嘴,又不出声了。

"要知道,不是您一个人参加考试。请问您回不回答?"年轻的教授说,但是伊科宁连看都没有看他一眼。他聚精会神地凝视着考签,一个字也说不出来。戴眼镜的教授透过镜片,从眼镜上方看看他,又摘下眼镜看看他,并且小心地擦擦镜片,然后又戴上。伊科宁一个字也没有说。他的脸上突然掠过一丝笑意,他把头发甩到后面,又侧身朝着桌子,放下考签,轮流地望望每一位教授,然后又望望我,就扭过身去,迈着急速的步子,挥动着胳膊,回到条凳那边。教授们相互交换了一下眼色。

"真是个好样的!"年轻的教授说,"自费生①!"

我走到桌子跟前,但是教授们依旧低声私下交谈着,好像他们谁都没有想到我在场。当时,我确信,三位教授都非常关心我会不会考取,会不会考得很出色,不过他们要摆摆架子,所以装出那么一副毫不在意、没有注意到我的模样。

当那个戴眼镜的教授漠不关心地转向我,要我回答问题的时候,我看了看他的眼神,替他有点难为情,因为他在我面前摆出那么一副伪君子的神气,我开始回答时有点结结巴巴,但是不久就越来越流利了,因为那是俄国历史上我非常熟悉的一个问题。我出色地答完了,甚至讲得非常起劲,想让教授们感到我不是伊科宁,不能拿我和他相提并论,我提议再抽一个考签;但是那位教授朝我点点头,说:"好了。"并且在分数本上记了点什么。我一回到凳子那边,中学生们就告诉我,我得了五分,天晓得他们怎么会什么都知道。

---

① 大多数学生的学费,甚至膳费和宿费都由大学的公费交付,自费是相当例外的。

十一

数学考试

下一场考试，除了我认为不配和我结交的格拉普和不知为什么见了我就害羞的伊温以外，我已经认识了好些生人。有一些已经同我打过招呼。伊科宁看见我，甚至非常高兴，并且告诉我，他的历史要复试，那个历史教授从去年考试起就对他抱着恶感，在那场考试时也出难题，把他难倒过。谢苗诺夫跟我一样，也要进数学系，直到考试结束，他一直躲避着所有的人，默默无言地独自坐着，手托着腮，手指插到白发里，考试的成绩却非常优异。他考了第二名，第一中学的一个学生考了第一。这个人高大而瘦弱，黑头发，面色苍白，打着黑领带，额头上长满疙瘩。他的手瘦而发红，手指特别长，指甲咬掉了很多，指尖好像用细线捆着一样。我觉得这一切好极了，考第一的中学生就应该这样。他像大伙一样，同每个人都交谈，连我都跟他认识了，但是我仍旧觉得，在他的步伐上，在他的嘴唇的动作上，在他的黑眼睛里，显然有一种非同寻常的、富有魅力的东西。

数学考试时，我到得比平常早。这门课我相当熟悉，但是代数上有两个问题我不晓得为什么以前没有问过教师，因此一窍不通。我现在记得，这是组合定理和牛顿二项式。我坐在后排凳子上，翻阅两个不熟悉的问题；但是由于不习惯在嘈杂的屋子里念书，而且预感到时间不够，使我不能全神贯注在我所读的东西上。

"他在这儿！这儿来，涅赫柳多夫！"我听见沃洛佳的熟悉的声音在我背后说。

我回过身去，看见我哥哥和德米特里，他们敞着大礼服，摆动着胳膊，在凳子中间穿过朝我走来。在大学里和在家里一样，一眼就可以看出他们是大学二年级学生。单从他们的不扣纽扣的大礼服来看，就表明他们对我们这些考生的轻蔑，引得我们这些考生又是羡慕又是尊敬。想到我周围的人们会看到我认识两个二年级的大学生，我得意极了，连忙迎着他们站起来。

沃洛佳甚至忍不住表现出自己的优越感来。

"啊，你这可怜的家伙！"他说，"怎么，还没有考完哪？"

"没有。"

"你在看什么？难道你没有准备好吗？"

"是的，有两个问题不大透彻。我不懂这个。"

"什么？就是这个吗？"沃洛佳说着，开始给我解释牛顿二项式，但是讲得又快又不清楚，他从我的眼神里看出对他的知识不信任的神色，他看了看德米特里，想必在他的眼神中也看到了同样的表情，他脸红了，但是还继续讲着一些我不理解的话。

"不，等一等，沃洛佳，如果来得及，让我和他研究研究吧。"德米特里说，朝着教授们那个角落望了一眼，就在我身边坐下。

我立刻就发现我的朋友非常自得，非常温和，当他满意自己的时候总是这样，这一点是我特别喜爱的。他精通数学，而且讲得清清楚楚，把问题讲得那么透彻，我至今还记得。但是他刚要讲完，St.-Jérôme 就用响亮的耳语说："à vous, Nicolas！"①于是我就跟在伊科宁后边，从凳子中间走出来，没有来得及研究另外一道我不懂的问题。我向两位教授坐着的桌前走去，黑板跟前站着一个中学生。那个中学生很敏捷地写上一道公式，咔嚓一声把粉笔在黑板上弄断了，虽然教授已经对他说"够了"，并且让我们抽签，他还是一个劲儿地写。"万一我抽到组合定理，可怎么办呀！"我暗自寻思，用颤抖的手指从那一堆柔软的纸片中抽了一个签条。伊科宁用和以前考试时同样勇敢的姿态，侧着身子，浑身摇晃着，也不选择就抽了上面那根签，看了看，就怒冲冲地皱紧眉头。

---

① 法语：轮到您了，尼古拉！

"我总是这样倒霉!"他嘟囔说。

我看看我的签。

啊呀,糟糕!正是组合定理……

"您抽着什么了?"伊科宁问。

我给他看看。

"我知道那一道。"他说。

"您要换吗?"

"不,反正是一样,我觉得心情不佳。"伊科宁还没有说完,教授就把我们叫到黑板跟前。

"唉,全完了!"我心里想,"考试成绩不但不像我想做到的那么优异,而且还要一辈子蒙上耻辱,比伊科宁还糟。"但是伊科宁冷不防转向我,当着教授的面,从我手里抢走考签,把他的考签给我。我看看他的签,原来是牛顿二项式定理。

那位教授不是个老头,他显得愉快而聪颖,突出的脑门使他显得更加如此。

"怎么回事?先生们,你们在换签吗?"他说。

"没有,他不过把他的给我看了一下罢了,教授先生。"伊科宁从容不迫地回答,教授先生几个字又是他在这里说的最后一句话;接着他又从我身边向后退,他望了望教授,望了望我,微微一笑,耸了耸肩膀,那副姿势好像说:"没关系,老兄!"(后来我听说,入学考试伊科宁已经考了三年。)

我把我刚准备过的那道题回答得非常出色,教授甚至对我说,我回答得比要求的还要好,于是给了我五分。

十二

拉丁语考试

拉丁语考试以前，真是一帆风顺。脸上缠着绷带的那个中学生第一名，谢苗诺夫第二，我第三。我甚至开始骄傲起来，当真以为：虽然我年纪小，可是我真有一套。

从第一场考试起，人人就都战战兢兢地议论拉丁语教授，说他仿佛是以作践青年、特别是自费生为乐事的野兽，说他只讲拉丁语或者希腊语。St.-Jérôme 是我的拉丁语教师，他很鼓励我，我自己也觉得，我可以不用字典翻译西塞罗①的讲演和贺拉斯②的若干颂歌，而且熟谙祖姆普特的文法③，我准备得并不比别人差；结果却完全不是那么回事。整个早上只听见在我前面去的人落第的事，有一个得了零分，另一个得了一分，第三个还挨了一顿骂，差点被赶出考场，诸如此类。只有谢苗诺夫和考第一的那个学生，像往常一样，沉着地去了又回来，两人都得了五分。当我和伊科宁一同被叫到那个可怕的教授只身坐着的小桌前的时候，我已经预感到不幸。这位可怕的教授身材瘦小，面色发黄，留着油光光的长发，脸上露出沉思的神情。

---

① 西塞罗（公元前106—前43年），古罗马的演说家，他的演说被认为是拉丁文体的典范。
② 贺拉斯（公元前65—前8年），古罗马的著名诗人。
③ 指德国语言学家卡尔·祖姆普特编的教科书《简明拉丁语文法》，俄文版第一版于一八三二年在莫斯科出版。

他递给伊科宁一本西塞罗的讲演集,叫他翻译出来。

令我大为惊奇的是:伊科宁不但读出来,而且靠教授的提示,甚至还翻译了几行。分析句法时,伊科宁又像先前一样陷入无可奈何的沉默中,我感到自己比这么一个软弱的竞争者强得多,就忍不住微微一笑,甚至带着几分藐视的神气。我希望我那聪明的、略带讽刺的笑容会博得那位教授的欢心,但是结果却适得其反。

"您大概懂得多,所以笑了,"那个教授用蹩脚的俄语对我说,"让我们来瞧瞧。喂,您讲吧。"

后来我听说,拉丁语教授袒护伊科宁,伊科宁甚至就住在他家里。我立即回答了他问伊科宁的那个造句法中的问题,但是教授露出很难受的表情扭过脸去。

"好的,会轮到您的,我们瞧瞧您懂得多少吧。"他说着,看也不看我一眼,就开始向伊科宁解释问他的那个问题。

"您可以走了。"他说,我看见他在分数本上给伊科宁打了四分。"哦,"我暗自思索,"他一点也不像人们所说的那么严厉。"伊科宁走后,他整理书本和考签,擤鼻涕,挪椅子,懒洋洋地靠着椅背,望着大厅,从这边望到那边,到处都望到了,就是不看我。这样过了有五分钟之久,我觉得足有五个钟头。然而,这么装模作样他还觉得不够;他打开一本书,装出阅读的样子,好像我根本不在那里一样。我往前走了一步,咳嗽了一声。

"啊,是的!您还在这儿吗?……好的,翻译点什么吧!"他说着,递给我一本书。"啊,不,最好是这个。"他翻开贺拉斯的作品,给我找出一段,在我看来,这地方没有一个人能翻译出来。

"我没有准备这个。"我说。

"您只想回答您背熟的啰?好吧!不,翻译这个吧。"

我极力琢磨,好容易才想出是什么意思,但是,那位教授一看见我的疑问的眼光就摇摇头,叹口气说:"不行。"他终于不耐烦地很快把书本砰地一合,一个指头也夹在书里;他怒冲冲地把手指抽出来,递给我一条文法考签,向安乐椅上一仰,像凶神一样沉默不语。我本来要开口回答,但是他脸上的杀气使我说不出话来,我觉得怎么回答也不会对头。

"不对,不对,完全不对!"他突然用他那发音糟透了的声音说,迅速地变换着姿势,把胳膊肘支在桌子上,玩弄着松松地套在他左手瘦削的指头上的金戒指。"先生们,准备得这样就想进大学是不行的;你们大家只想穿上蓝领制服;你们懂得一点皮毛,就认为可以做大学生。不行,先生们,得认真地学习功课……"以及诸如此类的话。

在他讲这一大篇错误百出的俄语时，我始终呆呆地凝视着他那低垂的眼睛。最初，因为不能名列第三，我感到大失所望；随后，我害怕根本考不取；最后，又感到事情不公平，自尊心受了伤害，无故地受了屈辱，因而痛苦万分。此外，我瞧不起那位教授，因为按照我的看法，他不是 comme il faut① 人物，这是我望着他那又短、又硬、又圆的指甲时发现的。这种蔑视像火上浇油一样，使上述的一切感情更为恶毒。他望了我一眼，发现我的嘴唇发抖，眼中噙着泪水，他大概把我的激动解释成请求加分数，于是，他好像可怜我一样，竟当着另一个刚走进来的教授的面说：

"好吧，我给您及格（就是说给我两分）。虽然您不该及格，但是我考虑到您年纪小，希望您上大学以后不要那么轻浮。"

他当着另外那位教授的面说的最后这句话使我狼狈不堪，那位教授望着我，好像也在说："哦，您懂了吧，年轻人！"一时之间，我的眼睛都模糊了。我觉得那位可怕的教授和他的桌子仿佛在遥远的地方，一个疯狂的念头偏偏很清楚地涌入我

---

① 法语：体面的。

的脑际:"要是……会怎么样呢?会落个什么结果呢?"但是,不知为什么我没有那么做,反而不由自主地朝着两位教授特别恭敬地行了个礼,像伊科宁那样微微地笑了笑,就从桌边走开了。

这种不公正当时对我产生的影响非常强烈,如果我可以随心所欲的话,我就不再去参加考试了。我完全失去了自尊心(就是想得第三名也已经不可能了),我毫不努力,甚至毫不激动地通过了其余的考试。我的平均分数虽然在四分以上,但是我对它已经丝毫不感兴趣。我自己认定,而且非常明确地向自己论证说,争取考第一名是极其愚蠢的事情,甚至是一种 mauvais genre①。我应该像沃洛佳一样,不太好,也不太坏。我打算今后在大学里就采取这种方针,尽管在这一点上,我和我的朋友第一次发生了分歧。

我现在只想着制服、三角帽、自用马车、单人房间,更主要的是,我本身的自由。

---

① 法语:坏作风。

十三

我是大人了

然而，这些想法也具有它本身的魅力。

五月八日，考完最后一门《神学》以后回到家里，我发现罗扎诺夫裁缝店的帮工来了，我认识他，他以前曾送来过用线绷上的平整光泽的黑呢制服和礼服，用粉笔在翻领上画了记号。现在，他把完全做好的、缀着亮晶晶金纽扣的衣服送来了，纽扣都用纸裹着。

穿上这套衣服，觉得好极了。尽管 St.-Jérôme 硬说礼服背后有褶子，我脸上还是不由自主地带着扬扬得意的笑容走下楼，到沃洛佳房里去。我感到仆人们从前厅和过道里不住地凝视着我的目光，只是假装没有理会。管家加夫里洛在大厅里追上我，祝贺我进了大学，遵照爸爸的命令，递给我四张白票，并且说，也是遵照爸爸的命令，从即日起，车夫库兹马、一辆轻便四轮马车和那匹赤骝马美男子，完全由我支配。我喜出望外，在加夫里洛面前怎么也装不出毫不在乎的神情，而且有些张皇失措，喘不过气来，脱口说出首先涌上我脑际的念头——我似乎说了："美男子真是一匹骏马。"我望了一下从前厅门里和过道里探出来的人头，再也控制不住自己，便穿着那件缀着亮晶晶金纽扣的新礼服飞奔过大厅。我刚走进沃洛佳的房间，就听见背后传来杜布科夫和涅赫柳多夫的声音，他们是来向我道贺的，提议我们到什么地方去吃顿饭,喝杯香槟酒,来祝贺我进了大学。德米特里对我说,虽然他不喜欢喝香槟酒,但是为了和我你我相称,他今天也要陪着去干上一杯。杜布科夫说,不知为什么我很像个上校;沃洛佳没有祝贺我,只冷冷地说,后天我们可以下乡。好像,他虽然高兴我进了大学,却有点不愿意我如今像他一样成了大人。St.-Jérôme 也到我们这里来了,他大言不惭地说,他已经尽了责任,他不知道他的责任尽的是好是坏,但是他尽了全部力量,明天他就要搬到那位伯爵家去了。人家无论问我什么,我回答时感到脸上不由得露出一种甜蜜的、快乐的、有些愚蠢的扬扬得意的微笑,我甚至注意到这种微笑感染了所有同我交谈的人。

现在,我没有家庭教师了,我有自己的马车,我的姓名印在大学生名册中,我的腰带上佩着一把宝剑,警察有时也会向我敬礼……我是大人了,我好像很幸福。

我们决定五点钟在雅尔饭店吃饭,但是沃洛佳到杜布科夫家去了,德米特里说他饭前还要办一件事,也照例溜走了,因此我可以随意消磨两个钟头。我在所有的房间里转悠了好久,照了所有的镜子,一会儿把礼服纽扣扣上,一会儿又完全解开,一会儿只扣住上面一个纽扣,不论怎样我都觉得美极了。后来,尽管我觉得露出过于兴高采烈的样子未免有些难以为情，我还是忍不住到马厩和车棚去看看美男子、库兹马和马车，随后又回来，满屋子乱转，照照镜子，数数口袋里的钱，依旧那样快活地微笑着。然而，还不到一个钟头，我就开始感到有些无聊，或者惋惜没有人看见我这样光彩照人，于是我觉得需要活动活动。因此我吩咐驾上马车，打定主意最好到库兹涅茨桥去买点东西。

我记得沃洛佳进大学时，曾经买过石印的维克多·亚当①画的马，买过烟草和烟斗，于是我觉得我也必须那么做。

人们从四面八方注视着我，阳光在我的纽扣上、帽徽上和宝剑上闪烁，我来到库兹涅茨桥，停在达恰罗画店门口。我环顾了一下之后，就走进店里去。我不愿意买维克多·亚当画的马，免得人家说我盲目模仿沃洛佳，但是，我又不好意思麻烦那位殷勤的店员，于是就匆匆忙忙赶快挑选了摆在橱窗里的一张水粉画的女人头像，付了二十卢布。可是，在店里付了二十卢布以后，我还是觉得为了这么点小事麻烦两位穿着十分讲究的店员有些不好意思，同时我又觉得他们还是那样爱理不理地对待

---

① 维克多·亚当（1801—1866），法国石印工人和画家。

我。我想让他们知道我是什么样的人物，于是就去注意观看摆在玻璃柜里的一个银器，知道这是 porte-crayon[①]，价值十八卢布之后，我就叫店员用纸把它包起来，付了钱。我又打听到在隔壁的烟草店里可以买到好烟斗和好烟叶，我就客客气气地向两个店员行了礼，夹着那幅画走出来。隔壁商店的招牌上画着个吸雪茄的黑人，在那家铺子里，我也不愿意模仿任何人，没有买茹科夫厂出品的烟叶，而是买了苏丹烟叶、一支镶着土耳其烟嘴的烟斗、一支菩提木的烟管和一支蔷薇木的烟管。出了商店上马车的时候，我看见谢苗诺夫穿着普通礼服，低着头在人行道上快步走着。他没有认出我，使我很气恼。我相当大声地喊："把车赶过来！"然后就坐上马车，追上谢苗诺夫。

"您好呀。"我对他说。

"您好。"他回答说，继续往前走。

"您为什么不穿制服？"我问。

谢苗诺夫停下来，眯缝着眼睛，露出雪白的牙齿，好像对着阳光刺痛眼睛似的，其实呢，他是要对我的马车和制服表示冷漠，他默默地打量了我一眼，就走开了。

---

① 法语：铅笔套。

从库兹涅茨桥，我乘车到了特维尔大街一家糖果点心店，尽管我想装出我感兴趣的主要是店里的报纸，我还是忍不住接连吃了几个甜馅饼。有个绅士从报纸后面好奇地打量我，弄得我很不好意思，但是，我还是飞快地把店里所有的八种甜馅饼每样都尝了一个。

回家之后，我觉得胃有点痛；但是我丝毫没有注意，开始细看我买来的东西。我很不喜欢那幅画，我不仅没有像沃洛佳那样给它装上镜框，挂在房间里，甚至小心翼翼地把它放到抽屉柜后边谁也看不见的地方。回到家里，我也不喜欢那个porte-crayon，我把它放在桌上，不过，我想这东西是银的，值钱，对大学生很有用处，来以此自慰。我打算立刻使用烟具，试它一试。

拆开那个四分之一磅的纸包，我细心地把金黄的、切得很细的苏丹烟丝装满了土耳其烟斗，放上火绒，把烟嘴夹在无名指和中指之间（我特别欣赏手的这种姿势），就开始抽起来。

烟味闻着很香，但是抽到嘴里却发苦，而且呛嗓子。可是，我硬着头皮抽了好半天，试着吐烟圈和吸进去。不久，屋子里满是淡蓝色烟雾。烟斗咝咝响起来，燃烧的烟叶冒起火星，我觉得嘴里发苦，头有点晕。我想不抽了。我刚要叼着烟斗去照镜子,可是我的两腿摇晃起来,使我吃了一惊。房间在旋转,我勉强走到镜子跟前,往镜子里一照,只见我的脸像块白布一样苍白。我刚来得及倒在沙发上,就想呕吐,四肢无力,于是我想象烟斗会要我的命,我觉得我要死了。我真吓坏了,想喊人救命,找人去请医生。

但是这种惊慌并没有持续很久。不久我就明白是怎么回事了。我头疼得厉害,浑身无力地在沙发上躺了半天,呆呆地望着纸包上画的博斯通若格格①的商标、掉在地板上的烟斗、烟蒂和馅饼屑;这时我忧伤失望地想:"如果我不能像别人那样吸烟,大概是我还没有完全长大成人,显然我命中注定不能像别人那样把烟嘴夹在无名指和中指之间,吸口烟,再从黄胡子中间喷出去。"

德米特里五点钟来找我,正赶上我处在这种不愉快的情况下。但是喝了一杯水以后,我觉得差不多恢复了常态,准备和他一齐走了。

"您怎么想起抽烟的?"他说,看见我抽烟的痕迹,"这太愚蠢,白费钱。我打定主意决不抽烟……不过,快走吧!我们还得去找杜布科夫。"

---

① 莫斯科生产芬丹烟叶的烟草厂主。

十四

沃洛佳和杜布科夫在做什么

德米特里一进我的房间，我从他的面部表情、走路的姿势、他心情不佳时眨着的眼睛、好像要整理领带把脑袋怪模怪样地往一边歪的这种特殊姿势，就看出他是处在一种冷淡、固执的心情中，这种心情是在他不满意自己的时候产生的，一向起着冷却我对他的感情的作用。最近我已经开始观察和批判我的朋友的性格，但是我们的友情并未因此而有丝毫变化：它还是那么新鲜、强烈，无论我从哪方面来看德米特里，我都不能不认为他是个十全十美的人。他具有两种不同的性格，而这两种性格我觉得都是美妙无比的。一种性格是我热爱着的：善良、亲切、温顺、快活，他自己也意识到这些可爱的品质。当他怀着这种心情时，他的整个容貌、声调、一举一动，仿佛都在说："我又温顺又善良，而且以温顺和善良为乐事，这一点你们都可以看出来。"另一种性格是我现在刚发现的，我对他的庄严佩服得五体投地。这就是冷若冰霜、对人对己都要求严格、高傲、笃信宗教到狂热的地步和迂腐道学。现在他就显示出第二种性格来。

我们坐上马车，我用成为我们关系中的必要条件——坦率的口吻对他说，在我这个幸福的日子，看见他的心情那么沉重，使我那么不愉快，我非常难过和痛心。

"想必有什么事情使您伤心了。您为什么不对我讲呢?"我问他。

"尼古连卡!"他从容不迫地回答说,神经质地往一边扭动脑袋,眨眨眼睛,"既然我保证任何事情都不瞒您,您就没有理由怀疑我隐瞒真情。一个人的情绪不能总是一样,假如有什么事情使我伤心,连我自己都说不清。"

"这是多么惊人的坦率而真诚的性格呀!"我暗自思量,没有再同他交谈。

我们默默地到了杜布科夫家。杜布科夫的住宅非常讲究,也许是我这么觉得。到处是地毯、图画、窗帷、华丽的糊墙纸、画像、大小安乐椅,墙上挂着步枪、手枪、烟袋和一些纸板做的兽头。一看到他书房的情景,我就明白沃洛佳在布置房间时是模仿谁了。我们去时,杜布科夫和沃洛佳正在玩牌。有一个我不认识的绅士(从他那毕恭毕敬的态度看来,大概是个不重要的人)坐在桌边,聚精会神地看着牌戏。杜布科夫本人穿着绸长袍和便鞋。沃洛佳脱掉常礼服,坐在他对面的沙发上。从他那通红的脸色看来,从他偶尔从牌上移开视线、匆匆向我们投来的不满的眼光看来,他是在全神贯注地玩牌。一看见我,他的脸越发红了。

"你发牌。"他对杜布科夫说。我明白,他不愿意我知道他玩牌。但是,他的脸上并没有露出惶惑不安的神色,却好像对我说:"是的,我玩牌,你对这大惊小怪,只是因为你还年轻。这不但不是坏事,而且在我们这种年纪还是理所当然的哩!"

我马上感觉到,并且理解到这一点。

可是,杜布科夫并不动手发牌,却站起身来同我们握手,让我们坐下。他请我们抽烟,我们谢绝了。

"原来是他来了,我们的外交家,我们祝贺的对象!"杜布科夫说,"真的,他非常像个上校。"

"嗯!"我小声说,又感到脸上露出愚蠢的扬扬自得的笑容。

我尊敬杜布科夫,就像一个十六岁的男孩尊敬一个二十七岁的副官那样,所有的成年人都说这位副官是个品行端正的年轻人,他舞姿优美,说法语,从心眼里轻视我的年龄,但是显然极力掩饰这一点。

尽管我尊敬他,但是在我们交往的全部时间内,天晓得为什么,我总觉得正眼看他是件很难过、很不自在的事情。以后我注意到,有三种人的眼色我看起来不自在,这三种人就是:大大不如我的人,比我强得多的人和那些我不敢和他们互通心曲的人。杜布科夫也许比我强,也许不如我,但是有一件事是肯定的，就是他经常撒谎，又否认这一点。我发现了他这个缺点，当然，我不敢向他提。

"我们再玩一回！"沃洛佳说，像爸爸那样耸耸肩膀，洗着牌。

"看他老没个完！"杜布科夫说，"我们以后再玩好了。不过，玩一回也好，发牌吧！"

他们玩牌时，我观察他们的手。沃洛佳的手大而好看；他拿着牌的时候，他的大拇指的样子和弯曲着其他手指的样子跟爸爸的手像极了，一时之间，我甚至觉得沃洛佳是为了像个成年人而故意把手做出这个样子；但是我朝他脸上看了一眼，马上就看出来他除了玩牌而外，什么也不想。杜布科夫的手恰好相反，又小又胖，朝里弯着，非常灵活，手指柔软；正是常戴戒指而属于爱好做手工和喜欢漂亮东西的那种人的手。

沃洛佳一定是输了，因为观战的那个人说弗拉基米尔·彼得罗维奇的运气太坏，而且杜布科夫掏出皮夹子，在上面记了点什么，给沃洛佳看了看，说："对吧？"

"对！"沃洛佳故意装出毫不在意的神情瞅了瞅记事本，"现在我们走吧。"

沃洛佳让杜布科夫和他同车，德米特里让我坐他的四轮轻便马车。

"他们玩的是什么牌?"我问德米特里。

"玩辟开①,一种愚蠢的玩法。赌钱根本是愚蠢的事情。"

"他们的赌注很大吗?"

"不大,不过照样不好。"

"您不玩牌吧?"

"不,我发誓不赌钱;但是,杜布科夫不赢什么人的钱就过不去。"

"这是他不好。"我说,"沃洛佳打牌的本领大概不如他吧?"

"当然是不好,不过这没有什么特别不好的地方。杜布科夫爱赌钱,而且赌得很高明,但是他依旧是个好人。"

"我根本不认为……"我说。

"不,绝对不能往坏里想他,因为他真是个出色的人物。我很喜欢他,而且会永远喜欢他,尽管他有缺点。"

不知为什么我觉得,正是因为德米特里太热心于替杜布科夫辩护,他已经不再喜欢他,也不再尊敬他了,不过由于固执己见,唯恐人家责备他反复无常,所以不承认这一点罢了。他

---

① 旧时一种纸牌戏,用三十二张牌,玩者二至四人。

属于那么一类人,他们对朋友的友情所以终生不渝,并不是因为他觉得这些朋友始终可爱,而是因为他们一旦爱上某一个人,哪怕爱错了,他们都认为甩开他是不名誉的事情。

十五

大家向我道贺

杜布科夫和沃洛佳叫得出雅尔饭店所有人的名字，从看门人到老板，人人都很尊敬他们。饭店立刻给我们找了个单间，摆上一桌佳肴，这是杜布科夫按照法文菜单点的。一瓶冰镇香槟酒（我对它尽量显得毫不在意）已经准备好了。这次宴会自始至终都非常愉快，欢畅，虽然杜布科夫按照自己的习惯，讲述了一些稀奇古怪的仿佛真有其事的故事，其中有一个讲的是他祖母如何用火枪打死三个抢劫她的强盗（这使我满面通红，垂下眼睛，扭过脸不去看他），虽然我一开口要讲话，沃洛佳就显然担心害怕（其实根本不必要，据我记得，我没有说过任何特别不得体的话）。上香槟的时候，大家都向我道贺，我和杜布科夫和德米特里挽着胳膊，亲如手足地干杯，并且和他们亲吻。我不知道这瓶香槟是谁请客（后来他们才对我说是共同分摊），我很愿意用自己的钱招待朋友，因此就不住地摸口袋里那些钱，我偷偷地掏出一张十卢布的钞票，把侍者叫来，将钱交给他，悄悄地，但是又让大伙听见，因为他们都默默地望着我，叫他再拿半瓶香槟酒来。沃洛佳满脸通红，直耸肩膀，吃惊地望着我和其余的人，我觉得我做错了，但是拿来那半瓶酒以后，大家喝得更来劲了。一切依旧进行得非常愉快。杜布科夫不住嘴地信口开河。沃洛佳也说了那么滑稽的笑话，而且说得妙极了，完全出乎我意料，我们笑了好久。他们（沃洛佳和杜布科夫）说笑话的特点是，模仿和夸大一个著名的故事。比如有一个人问："你到过外国吗？"另一个就回答说："不，我没有去过，但是我的兄弟会拉小提琴。"他们把这种可笑的蠢话说得有声有色，甚至把原来的故事讲成："我的兄弟从来也不拉提琴！"他们照这种方式一问一答，甚至有时不等人家问就牵强附会地把两种最不协调的东西硬扯到一起，一本正经地说出荒谬绝伦的话来，弄得非常可笑。我开始明白它的妙处，自己也想说些笑话，但是当我说的时候，他们都不好意思地望着我，或者竭力不看我，于是我的故事就失败了。杜布科夫说："你信口开河了，外交家老弟。"但是由于我喝了香槟酒，而且同成年人交往，心情十分愉快，所以他的批评只不过像针扎了一下罢了。只有德米特里，虽然喝得跟我们一样多，却还保持着他那种严肃庄重的心情，使大家的欢乐受到一些拘束。

"喂，听着，先生们，"杜布科夫说，"饭后我们一定要抓住外交家。我们到姑母家去好不好？我们在那儿处置他。"

"你要知道，涅赫柳多夫不会去的。"沃洛佳说。

"讨厌的道学先生！你是个讨厌的道学先生！"杜布科夫对德米特里说，"跟我们去，你会发现姑母是个妙人儿。"

"不但我不去,我也不让他跟着你们去!"德米特里红着脸回答说。

"不让谁去?不让外交家去吗?你想不去,外交家?你瞧,一提到姑母,他就笑逐颜开了!"

"倒不是我不让他去,"德米特里接着说,他站起来,眼睛不望我,开始在房间里踱来踱去,"而是我不劝他去,我不愿意他去。他现在不是个小孩了,如果他想去,你们不陪他,他一个人也可以去。但是你,杜布科夫,应该觉得羞愧:你做坏事,还要把别人带坏。"

"我请你们大家到姑母家喝杯茶,这有什么不好呢?"杜布科夫说着,对沃洛佳挤眉弄眼,"如果你不高兴同我们去,那就随你的便:我跟沃洛佳去。沃洛佳,你来吗?"

"好,好,"沃洛佳答应说,"我们去一下,然后你就同我回家,我们再接着打辟开。"

"你想不想同他们去?"德米特里说着,走到我跟前。

"不,"我回答说,在沙发上挪挪身子,给他让个地方,他在我旁边坐下,"我真不想去,如果你不劝我去,我决不会去。"

"不,"我后来又补充一句说,"说我不想同他们去是假话,但是我高兴我不去。"

"好极了,"他说,"按照自己的方式生活,不要让别人牵着鼻子走,这是最好的了。"

这场小小的争论不仅没有破坏,反而增加了我们的兴致。德米特里的心情突然变成我所喜欢的温顺心情。正像我以后多次发现的,感觉到自己做得不错的意识,会在他身上发生这样的影响。因为他保护了我,他现在对自己非常满意。他变得非常高兴,又要了一瓶香槟(这是违反他的准则的),把一个陌生绅士邀到我们房间里,请他喝酒,唱 Gaudeamus igitur[①],叫我们大家随着他唱,然后他提议到索科利尼基去兜风,对于最后这一点,杜布科夫说,未免显得太多情了。

"让我们及时行乐吧,"德米特里微笑着说,"为了庆祝他进了大学,我平生第一次要喝个酩酊大醉。就这样吧!"德米特里的这份欢畅似乎对他非常相称。他好像一位非常满意自己学生的家庭教师,或者一个十分满意自己子女的慈父那样兴高采烈,想让他们开开心,同时要证明一下,很正当地、很体面地寻欢作乐是可能的;虽然如此,他这种突如其来的欢快似乎感染了我和其他的人们,尤其是因为我们每个人差不多都喝了

---

① 拉丁语:让我们及时行乐吧(这是一首大学生唱的古老的歌曲)。

半瓶香槟酒。

我怀着这种欢畅的心情到大房间里去,点上杜布科夫给我的一支香烟。

我从座位上站起来时,觉得有点头晕,必须特别注意我的手和腿,它们才能保持正常姿态。否则,我的腿就里溜外斜,我的手就胡抡乱舞。我把全副注意力集中到四肢上,强迫我的手举起来扣上礼服的纽扣,抚平头发(这时,不知怎地我的胳膊肘翘得老高),我强迫自己走到门口,腿照办了,但是踩下去不是太重就是太轻,特别是左脚,几乎总是踮着脚尖走的。有个声音向我喊道:"你到哪儿去?他们会拿蜡烛来的!"我猜这是沃洛佳的声音,一想到自己总算猜对了,就感到高兴,但是我只对他微微一笑,就继续往前走。

十六

口 角

那间大屋子里有个留着红胡子、身材不高、体格健壮的人坐在小桌旁吃东西。他身边坐着一个高高大大、黑头发、没有胡子的人。他们在说法语。他们的眼神虽然使我很窘，但是我仍旧决定在他们面前的蜡烛上点着香烟。为了不同他们的视线接触，我就眼望着旁边，走到桌子跟前，开始点烟。香烟点着后，我忍不住看了那位吃午饭的先生一眼。他那双灰色的眼睛正充满敌意盯着我。我刚要扭过身去，他的红胡子就微微抖动起来，他用法语说：

"我吃饭的时候，不喜欢人抽烟，先生！"

我嘟囔了几句难以理解的话。

"不，我不喜欢，"那个留小胡子的人正颜厉色地接着说，飞快扫了那个没有胡子的人一眼，仿佛请他看看他怎样申斥我，"先生，我也不喜欢那些无礼到竟然到我的鼻子底下来抽烟的人，我也不喜欢那些人。"我立即恍然大悟，这个人是在骂我。但是一开始我还对他怀着歉意哩。

"我没有想到这会打扰您。"我说。

"啊，您没有想到您是个粗野的人，但是我可想到了。"那个人大喊起来。

"您有什么权利这样喊叫？"我说，感到他是在侮辱我，我自己冒起火来。

"是这样一种权利,就是我从来不允许任何人轻视我,对像您这样的家伙,我总要教训一顿。您姓什么,先生?您住在哪儿?"

我气得了不得,我的嘴唇发抖,喘不过气来。但是我还是感到自己不对,大概因为香槟酒喝多了,我没有对那位先生说一句粗鲁的话,我的嘴唇反而很温顺地对他说出了我的姓名、住址。

"我姓科尔皮科夫,先生,您以后要客气些。我们后会有期(Vous aurez de mes nouvelles①)。"他结束说,因为全部谈话都是用的法语。

我只说了一句"非常荣幸",拼命使自己的声音尽量坚决,随后扭过身子,拿着那支已经熄灭的香烟回到我们的房间里去。

我既没有对我哥哥,也没有对我的朋友们讲出刚才发生的事情,尤其是因为他们正在热烈地讨论;我独自坐在一个角落里开始思量这件怪事。"您是个粗野的人,先生(un mal élevé, monsieur②)!"这句话不住地在我耳朵里鸣响,使我

---

① 法语:您听我的信儿吧。
② 法语:您是个坏小子,先生。

越来越愤慨。我的酒意完全消失了。当我考虑我在这件事上采取的行动时,突然一个可怕的念头涌上我的心头,我觉得自己的举动像个懦夫。"他有什么权利攻击我?他为什么不干脆对我说,我妨碍了他?可见是他错了?他管我叫粗野的人的时候,我为什么不对他说:先生,粗野的人就是准许自己撒野的人呢?或者,我为什么不索性呵斥他说:住嘴!那样就妙极了。我为什么不要求他决斗呢?唉,我没有这样做,却像个卑鄙的懦夫一样忍气吞声。""您是个粗野的人,先生!"这句话不住地刺痛我的耳鼓。"不,不能这样善罢甘休!"我暗自思量,于是站起身来,决心再去找那位先生,对他讲几句厉害话,如果迫不得已,甚至可以用烛台砸他的脑袋。我怀着极其喜悦的心情想到最后这个主意,但是当我又回到大房间的时候,心里却也相当害怕。幸亏科尔皮科夫先生已经不在那里了,大房间里只有一个侍者在拾掇桌子。我想告诉侍者出了什么事,向他解释这一点也不怪我,但是不知怎地我改变了主意,又怀着郁郁不乐的心情回到我们的房间里。

"我们的外交家出了什么事?"杜布科夫说,"他大概在决定欧洲的命运。"

"嗳,让我安静一会儿吧!"我无精打采地说着,扭过身去。

这以后,我在房间里踱来踱去,不知怎地我开始思考杜布科夫根本不是个好人。"为什么他老开玩笑,叫我'外交家'?这里面没有含着什么好意。他只想赢沃洛佳的钱,到什么姑母家去逛逛……他身上没有一点招人喜欢的地方。他说的都是谎话,要不就是庸俗不堪的言语,而且他老想取笑我。我觉得他简直笨极了,而且还是个坏人。"我这样思考了五分钟左右,不知为什么对杜布科夫越来越怀着敌意。杜布科夫却不睬我,这使我更恼怒了。我看见沃洛佳和德米特里同他谈话,甚至生起他们俩的气来。

"听我说,诸位,得给外交家泼点冷水了。"杜布科夫突然说道,含着微笑瞅了我一眼。我觉得这种微笑是讥笑人的,甚至是阴险的。"他很不好!真的,他很不好!"

"也得给您泼点冷水,您自己也不好!"我恶意地微笑着,回嘴道,甚至忘了曾经跟他你我相称。

这种回答想必使杜布科夫大吃一惊,但是他满不在乎地扭过身去,同沃洛佳和德米特里接着谈下去。

我想参加他们的谈话,但是又感到我绝对不会作假,于是又躲到自己的角落里,在那儿一直待到离开饭店为止。

我们付了账,开始穿大衣的时候,杜布科夫对德米特里说:

"俄瑞斯忒斯和皮拉得斯①到哪里去呀？大概是回家去谈情说爱吧。我们不干这个，我们要去拜访亲爱的姑母，这比你们酸溜溜的友谊强。"

"您怎么敢这么说话，敢嘲笑我们？"我突然脱口而出，走到他跟前，挥舞着胳膊，"您怎么敢嘲笑您不了解的感情？我不允许您这样！住嘴！"我大叫道，接着又不响了，不知道往下再说什么，激动得透不过气来。杜布科夫最初非常惊讶，后来想把它当作玩笑一笑置之，但是最后他竟恐慌起来，垂下眼睛，这使我大为惊讶。

"我根本没有敢嘲笑你们，也没有嘲笑你们的感情。我只是说……"他支支吾吾地说。

"问题就在这里！"我喊道，但是就在这时，我为自己感到惭愧，又可怜起杜布科夫来，他那通红的、惊慌的脸上流露出真正的痛苦。

"你怎么啦？"沃洛佳和德米特里异口同声地说，"没有人想要欺负你。"

"不，他想侮辱我。"

---

① 希腊神话中的英雄，二人友情深厚。

"你弟弟是个不顾死活的人!"杜布科夫说这话时已经走出门口,因此他没能听到我反驳的话。

我很想追上他,再对他说些难听的话,但是正在这时,我与科尔皮科夫发生冲突时在场的那个侍者把大衣递给我,我立刻平静下来,仅仅在德米特里面前装出一脸怒气,免得他看见我突然息怒而感到奇怪。第二天,我和杜布科夫在沃洛佳的房间里碰见的时候,我们并没有提起这件事,但是却疏远多了,而且彼此连看上一眼都觉得很困难了。

科尔皮科夫在第二天以及后来都没有把 de ses nouvelles[①]告诉我。多少年来,我始终非常真切地记得同他的口角,而且感到十分痛苦。在事情发生以后的五六年里,每逢我想到没有雪耻,就浑身战栗,大声喊叫,但可以自慰的是,我回忆起在同杜布科夫的冲突中自己是个怎样的英雄好汉,很是得意。直到很久以后,我才开始用完全不同的眼光来看这个事件,怀着好笑的心情追忆我和科尔皮科夫的口角,并且后悔我不该迁怒于人,使好人杜布科夫平白无故受到侮辱。

当天晚上我把我同科尔皮科夫(我把他的相貌详尽地描绘

---

① 法语:信儿。

了一番)的纠纷告诉德米特里时,他大吃一惊。

"就是那个家伙呀!"他说,"你想想看,这个科尔皮科夫是个出名的坏蛋、骗子手,尤其是个胆小鬼,他被同伴们从联队里赶了出来,因为他挨了耳光,又不愿意决斗。他是哪儿来的这份胆量?"他补充一句说,带着和蔼的笑容望着我,"但是,他没有说过比'粗野的人'更重的字眼吧?"

"没有。"我回答说,脸红了。

"这件事很不好,不过还没有多大关系!"德米特里安慰我说。

很久以后,当我已经平心静气地思索当时情景的时候,我才作出相当合乎情理的结论,就是:科尔皮科夫大概觉得可以拿我来泄愤,当着那个黑头发、没有胡子的人的面,来报复他多年以前挨的那记耳光,就像他叫我"粗野的人",而我马上在无辜的杜布科夫身上发泄一样。

十七

我准备出门拜访

第二天醒来，我首先想到同科尔皮科夫的纠纷；我又咆哮了几声，在房间里跑了几步，但是无计可施；况且，这是我在莫斯科逗留的最后一天，照爸爸的嘱咐，我得去拜访他亲自给我写在纸上的那几家，爸爸关心我们的社交关系胜过关心我们的操行和教育。他用潦草的字迹在纸上写道：（一）务必拜访伊万·伊万诺维奇公爵；（二）务必拜访伊温家；（三）拜访米哈伊尔公爵；（四）如果有时间，去拜访涅赫柳多娃公爵夫人和瓦拉希娜夫人。当然也要去拜访监护人、校长和教授们。

后边这几个人德米特里劝我不必去拜访，他说这不但不需要，而且不成体统；但是其余的几家，当天都要去拜望。我特别害怕拜访写着务必拜访的头两家。伊万·伊万内奇公爵当过陆军上将，是一个年老、独身的富翁，而我这个十六岁的大学生必须同他发生直接的关系，我推测这种关系对我不可能是愉快的。伊温家的孩子们也很有钱，他们的父亲是个地位很高的文官，外祖母在世时总共只到我们家来过一次。外祖母死后，我发现伊温家最小的那个躲着我们，好像摆起架子来了。伊温家的老大，我听说，已经读完法学课程，在彼得堡供职；老二谢尔盖，就是我一度崇拜过的那个，也在彼得堡，如今又高又胖，成了贵胄军官学校的学生。

我在青年时代不但不喜欢和那些自视比我高的人们来往,由于我经常害怕受辱,而且一心一意想对他们证明我的独立性,这种关系对我说来是痛苦得无法忍受的。然而,如果我不执行爸爸最后一项命令,我就得遵守前面那几项来补偿。我在房间里踱来踱去,查看放在椅子上的衣服、宝剑和礼帽,正准备出门,格拉普老头儿就带着伊连卡来向我道贺了。伊连卡的父亲格拉普是个俄罗斯化的德国人,说话甜言蜜语,令人难受,他善于阿谀奉承,而且时常喝得烂醉如泥。他到我们家来多半只是求告什么,爸爸有时把他请到书房坐坐,但是从来没有请他和我们一起吃过饭。他那卑躬屈膝、死乞白赖的态度同他那种貌似忠厚以及与我们家过从甚密的情况联系起来,使大家以为他对我们全家的眷恋是一种莫大的美德,但是不知怎的我不喜欢他,他一讲话我就替他害羞。

这两位客人的到来使我非常不快,我也不设法掩饰我的厌烦情绪。我一向看不起伊连卡,他也一向认为我们有权利这样做,可是现在他居然成了和我一样的大学生,这真使我有些不愉快。我觉得,为了这种平等关系,他在我面前好像也有些难为情。我冷冷地和他寒暄了几句,并没有请他们父子坐下,因为我不好意思这样做，以为他们不用我请也会坐下，接着就吩咐套马车。伊连卡是个善良的年轻人，非常诚实，很聪明，然而是一个所谓的"糊涂小子"；他常常会无缘无故地产生一种极端的情绪：为了一点小事就一会儿哭，一会儿笑，一会儿发怒；现在他好像处在后一种心境中。他一声不响，用怨恨的眼光望着我和他父亲，只有在对他讲话时，他才勉强露出恭顺的笑容。他已经习惯用这种笑容来掩饰自己的一切感情，特别是替他父亲害羞的感情，他在我们面前是不会感到害羞的。

"正是那样，尼古拉·彼得罗维奇，"老头儿对我说，我穿衣服时，他跟着我满屋子转，恭恭敬敬、慢条斯理地在粗粗的手指间玩弄着我外祖母送给他的银鼻烟壶，"我一听见我儿子说您那么出色地考上大学——当然大家都知道您很聪明——我立刻就跑来向您道贺，少爷。要知道，过去我曾经背过您，上帝作证，我像爱亲人一样爱你们，而我的伊连卡也一个劲儿要求来看您。他也和您处惯了。"

这时，伊连卡一声不响地坐在窗前，似乎在端详我的三角帽，并且几乎令人听不见地生气地嘟囔着什么。

"哦，我想问您，尼古拉·彼得罗维奇，"老头儿接下去说，"我的伊连卡考得好不好？他说，他要同您在一起，因此请您不要把他撇在一边，多照顾他一点，给他出出主意。"

"怎么，他考得好极了。"我回答说。瞅了伊连卡一眼，他感到我的目光盯在他身上，脸就红了，嘴唇不再动了。

"他今儿个可以在您这儿待一天吗？"老头儿说，他带着那么胆怯的笑容，好像很怕我似的，不论我到哪儿，他都紧跟着我，使我时刻都能闻到他浑身那股烟酒气味。我很气恼，因为他使我处于对他儿子虚情假意的地位，因为他分散了我当时从事穿着打扮这项最重要的工作的注意力；尤其是那种紧缠着我不散的浓烈酒味，使我烦恼极了，因此我非常冷淡地对他说，我不能陪着伊连卡，因为我要出门一整天。

"父亲，您不是要到姐姐家去吗？"伊连卡笑着说，不望着我。"我也有事。"我越发恼怒和惭愧了，为了缓和我的拒绝，我连忙说，我今天出门，是为了必须去拜访伊万·伊万内奇公爵、科尔纳科娃公爵夫人、伊温家（他们家有那么显赫的地位），而且，涅赫柳多娃公爵夫人一定会留我吃午饭。我觉得，如果他们晓得我要去拜访什么样的大人物，他们就不会紧缠住我了。他们准备走的时候，我请伊连卡下次再到我家来；但是伊连卡只嘟囔了几句，勉强笑一下。显然，他再也不会来看望我了。

送走他们以后，我就出去拜访。我早晨就请沃洛佳和我去，免得我一个人那么不自在。而他拒绝了，借口说兄弟俩坐一辆小马车未免显得太亲热了。

十八

瓦拉希娜夫人家

这样一来，我只好一个人去了。按照路程的远近，我先到西夫采夫·弗拉日克区去拜访瓦拉希娜夫人。我大约有三年没有见过索涅奇卡了，我对她的爱情，不用说，早就消逝了，但是我的心里还保留着过去童年时代爱情的生动而动人的回忆。在最近三年中间，我有时非常强烈、非常清晰地想到她，以至暗自流泪，觉得自己又在恋爱了，但是，这种心情只是持续几分钟，没有很快地恢复。

我知道索涅奇卡和她母亲在国外逗留了两年，而且听说她们坐的驿车翻了，索涅奇卡的脸被车窗玻璃划破，因此大大损害了她的容颜。去她们家的路上，我历历在目地回想着当年的索涅奇卡，想她现在该是什么样子。由于她在国外待了两年，不知怎的我想她一定长得特别高，身姿秀丽，庄严，傲慢，但是非常迷人。我的想象不肯描绘她那被伤疤损坏了的容貌。恰恰相反，我听说什么地方有一个热情的男子，尽管他的爱人被天花毁了容貌，他仍然忠实于她；因此，我就拼命想我自己迷恋着索涅奇卡，为的是具有那种尽管她脸上有伤疤、但也对她始终如一的美德。总之，当马车驶到瓦拉希娜夫人家门口的时候，我还不曾堕入情网，只不过唤醒了往日爱情的回忆，准备好去恋爱，而且非常愿意这么做；特别是因为，眼看着所有的朋友都在搞恋爱，只有我落在他们后面，我早就感到难为情了。

瓦拉希娜夫人家住在一幢小巧整洁的木房里，门前有个院落。一按门铃（当时莫斯科还很少有），就有一个矮小的、服装整洁的男孩给我开了门。他不知道，否则就是不愿意告诉我主人在不在家，把我一个人撇在幽暗的前厅里，就跑到一条更暗的过道里去了。

我一个人在这个幽暗的房间里待了好久，这里除了前门和过道而外，还有一扇关着的门。这座房子的阴森森的光景使我有点惊异，但是我多多少少认为，出过国的人家里理应如此。大约过了五分钟，通大厅的那扇门被那个男孩从里面打开了，他把我领进一间整洁而并不豪华的客厅，索涅奇卡紧跟着就进来了。

她十七岁了，非常娇小瘦弱，脸色发黄，带着不健康的颜色。她脸上的疤痕一点也看不出来，但是她那美妙的鼓眼睛，和她那开朗的、善良而愉快的笑容，还和我童年时代所晓得、所喜爱的一样。我一点也没有料到她是这副模样，因此我怎么也无法一下子向她倾注我在路上准备好的感情。她照英国习惯把手伸给我（当时这像门铃一样稀罕），坦率地紧握我的手，让我挨着她坐到沙发上。

"啊,看见您我多高兴啊,亲爱的 Nicolas。"她说,带着那么真诚的欢畅神情望着我的脸,使我从"亲爱的 Nicolas"这句话里感到一种友好的、而不是庇护的口吻。令我惊奇的是,她在出国游历以后,竟比以前更单纯、更可爱、待人更亲切了。我发现她的鼻子和眉毛上各有一个小疤,但是她那双美目和笑容同我记忆中的丝毫不差,依旧光彩照人。

"您变得多厉害呀!"她说,"您完全长大成人了。而我,您觉得怎么样?"

"噢,我都要认不出您来了。"我回答说,虽然我刚才还在想,我永远会认得她。我感到自己又处在那种无忧无虑的快活心境中,就像五年前我同她在外祖母家的舞会上跳"祖父舞"时一样。

"怎么,我变得很难看吗?"她追问,摇晃着小脑袋。

"不,完全不是。只是长高了些,年岁大了些,"我连忙回答,"不过恰好相反……甚至更……"

"哦,横竖一样!可是,您记得我们的跳舞、游戏、St.-Jérôme 和 madame 多拉吗(我不记得什么 madame 多拉;她分明是沉湎于童年回忆的乐趣,把它们混淆了)?啊,那可真是美好的时光呀!"她接下去说,和从前一样微笑着,甚至比我记忆中的笑容更美;她那和从前一样的眼睛在我面前闪烁着光辉。她讲话的时候，我有时间考虑了一下我当时的处境，并且认定我现在已经在恋爱了。一得出这种结论以后，我那无忧无虑的快活心情就立刻消失，一片迷雾遮住了我面前的一切，甚至遮住了她的眼睛和笑容；我不知为什么害起羞来，满面通红，连话都说不出来了。

"时代变了，"她接着说，叹了口气，稍稍抬起眉毛来，"一切都变得糟多了，我们也变坏了，是不是，Nicolas？"

我回答不上来，默默地望着她。

"当年的伊温和科尔纳科夫家的孩子们，现在都在哪儿呀？您记得他们吗？"她接下去说，带着几分好奇的表情望着我那通红的吃惊的脸，"那时候真美妙极了！"

我还是回答不上来。

老瓦拉希娜夫人走进来，使我暂时摆脱了这种窘境。我站起来，行了个礼，又恢复了说话的能力；但是，索涅奇卡自从母亲进来以后，她身上就起了一种奇怪的变化，她那种愉快和亲切的神情突然完全消逝了，连她的笑容都变了，除了高高的身材而外，她突然变成我想象会遇到的从国外归来的小姐了。这种变化似乎毫无理由，因为她母亲笑得还和以前那么欢畅，她的一举一动还像往日那么温柔。瓦拉希娜夫人坐在一张大安乐椅上，叫我坐在她身边。她用英语对女儿说了句什么，索涅奇卡马上就出去了，这使我更加轻松一些。瓦拉希娜夫人问候我家里的人、我哥哥、我父亲，随后向我讲她自己丧夫的悲痛，最后，感到同我没有什么可谈的了，就默默地望着我，好像说："如果你现在站起来行个礼走掉，你就算做得好极了，亲爱的！"但是我发生了一种奇怪的情况。索涅奇卡拿着活计回到房间里来，坐在客厅另一个角落里，因此我感到她的眼光盯在我身上。当她母亲讲述她丧夫的时候，我又回想起我正在恋爱，并且认为她母亲想必已经猜到了，于是我又遭到那么强烈的羞涩心情的袭击，以至于觉得连腿都不会自由挪动了。我知道要站起来走掉，就得想想腿怎么摆，脑袋和手怎么动；总而言之，我觉得差不多就像昨天晚上喝了半瓶香槟酒那样。我觉得这一切动作我都办不到，因此我站不起来，于是我就真的站不起来了。看见我那红布一样的脸和我那痴呆的神情，瓦拉希娜夫人大概非常惊讶；但是我打定主意，与其冒着不成体统地站起来走掉的危险，倒不如这样傻里傻气地坐着好些。因此我就坐了好久，希望得个意外的机会使我摆脱这种窘境。一个丑陋的年轻人提供了这种机会，他很随便地走进房间，客客气气地对我行了个礼。瓦拉希娜夫人站起来，告罪说她要同自己的 homme d'affaires①谈谈，带着困惑不解的神情望了我一眼，好像说："如果您愿意在这儿坐一辈子，我也不会把您赶出去的。"我费了九牛二虎之力才站起来；但是已经无力鞠躬了，我走出去时，母女俩用同情的眼光目送着我，我碰了一把根本没有挡路的椅子，所以会如此，就是因为我全神贯注在不要绊住脚下的地毯。可是到了外边，我哆嗦了一下，大声哼哼了几声（竟使库兹马几次问我要干什么）之后，这种心情就消散了。我相当平静地开始考虑我对索涅奇卡的爱情，以及她同她母亲那种使我觉得非常奇怪的关系。后来我对父亲说，我发现瓦拉希娜夫人和她女儿的关系不好，他说：

"是的，她小气得要命，拼命地折磨她那可怜的女儿，真奇怪，"他带着超出对亲戚应有的感情补充一句说，"她从前是个多么迷人、可爱、美妙的女人啊！我不明白她怎么会变成这样。你在她家里没有看到她的什么秘书吧？一个俄国太太要个秘书，这算什么作风呀！"他说着，很生气地从我身边走开。

"我看见他了。"我回答说。

"哦，他至少很漂亮吧？"

---

① 法语：管事。

"不,一点也不漂亮。"

"简直莫名其妙!"爸爸说着,愤愤地耸了耸肩膀,咳嗽了一声。

"现在我也在恋爱了。"我心里想,坐着马车向前驶去。

十九

科尔纳科夫一家

按照路程的远近，我拜访的第二家是科尔纳科夫家。他们住在阿尔巴特街一幢大房子的第二层。楼梯极其讲究、整洁，但是并不豪华。到处都是擦得锃亮的铜棍压着的地毯，但是没有鲜花，也没有镜子。我走过大厅明亮的拼花地板走进客厅，客厅也布置得又庄严，又清爽，又整洁；一切东西都明晃晃的，虽然不是崭新的，但是似乎都很结实。不过，到处都看不见画、窗帘，或者装饰品。有几位公爵小姐在客厅里。她们那么规规矩矩、无所事事地坐着，一眼就看得出，没有客人时，她们决不那样坐着。

"maman 马上就来。"最大的那个对我说，她挪身坐得离我近些。这位公爵小姐跟我极其随便地谈了一刻钟，她的谈吐是那么老练，谈话连一秒钟都没有中断。不过，显然她是在应酬我，因此我不喜欢她。她顺便向我讲到她哥哥斯捷潘（她们管他叫艾蒂安）两年前进了士官学校，现在已经当了军官。当她谈到她哥哥，特别是当她谈到他违背 maman 的意旨加入骠骑兵团的时候，她做出一副惊恐的神色，几个年纪较小的公爵小姐本来都不声不响地坐着，也都露出同样的表情。当她谈到我外祖母去世的时候，她装出悲伤的样子，年轻的公爵小姐们也都照样做了；当她回忆到我怎样打 St.-Jérôme 以及我被带走的时候,她笑了起来,露出难看的牙齿,其他几位公爵小姐也笑起来,露出难看的牙齿。

公爵夫人进来了。还是那个瘦小枯干的妇人,两只眼睛骨碌碌地乱转,跟你说话时有一种眼睛紧盯着别人的习惯。她拉住我的手,把她的手举到我的嘴唇边让我吻,如果我不是考虑到非这样不可,我自己一定不会做的。

"看见您真高兴!"她用她素常那种滔滔不绝的口才说,环顾着她的女儿们,"瞧,他多像他的 maman 呀!是不是,丽莎?"

丽莎说是真的,虽然我确实知道,我一点也不像我妈妈。

"这么说,您已经长大成人了!我的艾蒂安,您记得他吧,他是您的从表兄弟呀……不,不是从表兄弟,丽莎,是什么呀?我的母亲瓦尔瓦拉·德米特里耶夫娜,是德米特里·尼古拉耶维奇的女儿,而您的外祖母是娜塔利娅·尼古拉耶夫娜①。"

"那么是远从表兄弟,maman。"最大的公爵小姐说。

"唉,你总是把什么都搞混了!"她妈妈气愤地呵斥她说,"根本不是从表兄弟,a issus de germains②,这就是您和我的艾蒂安的关系。他已经是军官了,您知道吗?只有一点不好,

---

① 科尔纳科娃公爵夫人混淆了主人公外祖母和母亲的姓名。
② 法语:远从表兄弟。

他太不听话了。对你们这些年轻人还得好好地管束,就得这样!……我同您讲老实话,您可别生我这个老姨妈的气。我对艾蒂安管得很严,我认为这是必要的。"

"是的,我们是这种亲戚关系,"她接下去说,"伊万·伊万内奇公爵是我的亲叔叔,也是您母亲的叔叔。因此,我和您母亲是表姊妹,不,是从表姊妹,对,就是这样。哦,请问,亲爱的,您拜访过伊万公爵了吗?"

我说还没有去,不过今天要去的。

"哎呀,您怎么能这样!"她大呼小叫起来,"您应当先拜访他。您要知道,伊万公爵就像是您的父亲一样。他没有子女,因此只有你们和我的孩子们是他的继承人。无论从他的年纪、社会地位和一切方面来看,您都应该尊重他。我知道,如今你们这些年轻人不大注意亲戚关系,也不敬爱老人,但是您听我这老姨妈的话吧,因为我爱你们,也爱你们的maman,而且也非常敬爱你们的外祖母。不,您要去,一定,一定要去。"

我说我一定去。我觉得我的拜访拖延得太久了,于是站起来要走,但是她拦住我。

"不,等一下。丽莎,你父亲在哪儿?把他请到这儿来。"她转向我,接下去说,"他会非常高兴见您的。"

过了两分钟光景，米哈伊洛公爵果然进来了。他是个矮胖子，穿着非常邋遢，没有刮胡子，脸上露出那么冷漠的表情，简直像个傻子。他一点也不高兴见我，至少他没有流露出高兴的神情。但是公爵夫人（看起来他很怕她）对他说：

"弗拉基米尔（想必是她忘了我的名字）不是很像他maman吗？"她对公爵使了那么个眼色，公爵大概猜到了她的要求，于是走到我跟前，带着最冷淡的、甚至很不满意的神情把没有刮过的面颊凑过来，让我吻。

"你还没有穿好衣服，可是你得走了！"在这以后，公爵夫人马上用恼怒的声调对他说，很显然，这是她对家奴用惯了的腔调，"你又要惹人生气，又想让人同你过不去啦。"

"就好了，就好了，亲爱的。"米哈伊洛公爵说着，就走出屋去。我鞠了个躬，也走出去了。

我第一次听说我们是伊万·伊万内奇公爵的继承人，这个消息使我震惊而不愉快。

二十

伊温一家

想到眼前非去不可的拜访，我更加不痛快了。但是在去公爵家以前，我得顺路先到伊温家去。他们住在特维尔大街一幢漂亮的大宅邸里。当我从手持锤形杖的看门人把守着的正门进去时，我有几分胆怯。

我问看门人，家里有人没有？

"您要见谁？将军的儿子在家。"看门人对我说。

"将军本人呢？"我鼓起勇气问道。

"得通报一声。您有什么吩咐？"看门人说着，按了按铃。在楼梯口出现了一个仆人的穿着靴子的腿。不知道为什么，我那么胆怯，竟至对那个仆人说，不必向将军通报，我要先去见将军的儿子。当我顺着宽大的楼梯上楼时，我觉得，我变得渺小极了（不是比喻性的，而是按照这个字的本意）。当我的马车驶到大门前时，我就已经有了同样的感觉：我觉得那辆马车、马和车夫，都变得渺小了。我进屋的时候，将军的儿子躺在沙发上睡着了，面前摆着一本打开的书。他的家庭教师弗劳斯特先生还留在他们家，迈着轻快的步伐跟着我走进屋里，唤醒他的学生。看见我的时候，伊温并没有露出特别高兴的神色，而且我发现，同我谈话时，他望着我的眉毛。虽然他非常客气，但是我觉得，他也像那位公爵小姐一样在敷衍我，他对我没有特别的好感，也不需要同我交往，因为他大概另有一圈朋友。这一切，我主要是从他凝视我的眉毛猜出来的。总而言之，他对待我的态度，无论我多么不高兴承认，差不多也就像我对待伊连卡一样。我开始激怒了，注意伊温的每个眼神，当他同弗劳斯特的目光相遇时，我认为那是在问："他到我们家来干什么？"

同我交谈了几句之后，伊温说他父母在家，问我愿不愿意同他下去见见他们。

"我马上去穿衣服。"他补充一句说，走进另外一个房间，虽然他在自己房间里穿的这身衣服——一件新礼服和一件白背心——就非常讲究了。两三分钟以后，他穿着一身扣得整整齐齐的制服回来，于是我们一同下楼去。我们穿过的接待室非常高大华丽，而且我觉得，装饰得富丽堂皇。那儿有大理石的、金的、用绫罗包着的东西，还有镜子。我们走进一间小客厅，伊温的母亲同时从另外一扇门走进来。她用非常亲热友好的态度接待我，让我坐在她身边，关切地向我打听我们全家的情况。

以前我只匆匆地见过这位夫人一两次，现在我聚精会神地望着她，很喜欢她。她身材高大瘦削，脸色苍白，仿佛总是那么忧郁和疲惫。她的笑容是忧伤的，但是特别和蔼；她的眼睛很大，充满倦意，有点斜视，这赋予她一种更加忧愁和动人的神情。她坐着的时候并没有弯下腰，但是仿佛全身都松弛了，她的一举一动都没精打采，说话少气无力，但是她的声调和说不清弹舌音的口音，非常好听。她并不是敷衍我。当我讲述我家里人的情况时，显然引起她一种感伤的兴趣，好像听我讲话，她就惆怅地回想起以前的美好时光。她的儿子走出去了。她默默地望了我两三分钟，突然哭泣起来。我坐在她面前，想不出该怎么说，怎么办才好。她一个劲儿地哭，并不望着我。最初我替她很难过，随后我就盘算："要不要安慰她？这应该怎么办？"但是最后，我开始气恼起来，因为她使我这么为难。"难道我真是那么一副可怜相吗？"我暗自沉思，"要不就是她故意这样，好看看我在这种情况下怎么办。"

"现在走不合适，好像我要躲避她的眼泪似的。"我接着想。我在椅子上转了转身，意思是至少可以提醒她我在那里。

"啊，我多蠢呀！"她看了我一眼说，极力微笑着，"我有时会无缘无故地哭起来。"

她开始摸索摆在她身边沙发上的手帕，突然哭得更厉害了。

"啊，我的上帝！我老是哭，这多可笑呀！我那么爱你母亲，我们那么要好……我们……是……"

她找到手帕，用它捂住脸，继续哭。我的处境又为难了，这样继续了好久。我又是生气，更是可怜她。她的眼泪好像是真诚的，但是我仍然认为，她并不是为我母亲哭泣，而是为了她本身现在的不幸，她从前的光景要好得多。要不是小伊温进来，说他父亲找她，我真不知道怎么收场才好。她站起来刚要走，老伊温本人就进屋来了。他是个矮小结实的老头子，长着两道漆黑的浓眉，一头白发剪得短短的，嘴角带着非常严峻而坚决的表情。

我站起来向他行礼，但是那个绿色燕尾服上戴着三颗勋章的伊温，不但不还礼，几乎看都不看我一眼，这使我突然觉得我不是个人，而是一件不值得注意的东西——一把椅子或一扇窗户，即使是人的话，也和椅子和窗户毫无区别。

"你一直没有给伯爵夫人写信，亲爱的。"他用法语对他妻子说，脸上带着冷淡的、但是坚决的表情。

"再见，monsieur Irteneff[①]。"伊温夫人对我说，突然间不知怎地傲慢地点点头，而且像她儿子那样望我的眉毛。我又对她和她丈夫行了个礼，而我的敬礼在老伊温身上发生的影响

---

① 法语：伊尔捷尼耶夫先生。

又像开关窗户一样。那位大学生伊温把我送到门口的路上对我说,他要转到彼得堡大学,因为他父亲要到那儿去当官(他对我说出一个非常重要的官职的名称)。

"哼,不论爸爸怎么说,"我坐在马车上暗自嘟囔,"我的脚再也不踏进这儿了;那位好哭的太太望着我哭,好像我是个不幸的人;而那个蠢猪伊温却不还礼;我非教训教训他不可……"我要怎么教训他,这我完全不知道,但是这句话却说出来了。

父亲常常训诫我说,必须培植这种交情,我不能要求像伊温那样有地位的人重视我这样一个小孩;但是我心里却有我的主意,坚持了很久不听他那一套。

二十一

伊万·伊万内奇公爵

"啊,现在要到尼基塔街做最后的拜访了。"我对库兹马说,于是我们的马车就向伊万·伊万内奇公爵家驶去。

通过前几次拜访的经验,我照例加强了自信心。我怀着相当平静的心情来到公爵家门前,但是这时我猛然想起科尔纳科娃公爵夫人说我是伊万公爵的继承人的话,另外我又看到门口有两辆马车,因此又像以前一样胆怯起来。

我觉得,替我开门的老看门人,帮我脱大衣的仆人,还有我在客厅里看到的三位夫人和两位先生,特别是穿着常礼服、坐在沙发上的伊万公爵本人,好像都把我看作继承人,因此都对我没有好感。公爵对我十分亲切,吻了吻我,就是说,用他那柔软的、干巴巴的、冰冷的嘴唇贴了一下我的脸,问了问我的功课和计划,和我开了开玩笑,问我还写不写我在外祖母命名日写的那种诗,请我当天到他家来吃饭。但是他对我越是亲切,我就越觉得他所以怜爱我,只是为了不让人看出他多么不喜欢想到我是他的继承人。他满嘴假牙,因此有个习惯,就是每次说话以后,总要把上唇往鼻子上一翘,发出轻微的嗤鼻声,好像要把上唇吸到鼻子里去似的;现在他这么一来,我就觉得他是在自言自语:"孩子,孩子,不用你提醒我,我也知道你是继承人,继承人。"等等。

我们小时候,一向管伊万·伊万内奇公爵叫爷爷。但是现在作为他的继承人,就不便叫他"爷爷"。然而,像另一位在座的先生那样称呼他"大人",我又觉得有失身份,因此在整个谈话期间,我极力不称呼他。最使我不舒服的是住在他家里、也是公爵的继承人的一位老公爵小姐。进餐时,我坐在这位公爵小姐旁边,我想,公爵小姐在整个进餐时间所以不同我讲话,是因为她恨我也像她一样是公爵的继承人;公爵在饭桌上不理睬我们这边,是因为我们——公爵小姐和我——都是他的继承人,他觉得是同样的讨厌。

"是的,你不会相信我有多么不痛快。"当天晚上我对德米特里说。我想对他夸口,我一想到自己是继承人心里就非常反感(我觉得这是非常高尚的情操)。"今天在公爵家度过了整整两个钟头,我觉得多么不愉快。他是个非常出色的人物,而且待我非常亲切,"我说,心里想顺便让我的朋友知道,我说这一番话并非因为我在公爵面前感到自己是受了侮辱,"但是,"我接下去说,"一想到他们可能像对待那位寄人篱下的、阿谀奉承的公爵小姐一样看待我,就觉得非常可怕!他是个非常好的老头儿,待人接物非常和善,非常周到,但是看到他瞧不起那位公爵小姐,真令人痛心。万恶的金钱破坏了一切关系!你要知道，我以为最好同公爵开诚布公谈一谈，"我说，"对他说，我尊敬他这个人，但是并不想要他的遗产，请他什么都不要留给我，并且说，只有在这种情况下我才去拜望他。"

我说这番话时，德米特里并没有放声大笑；恰恰相反，他若有所思地沉默了一会儿，然后对我说：

"你知道吗？这是你不对。你根本不应该设想人家把你看作像你所说的那位公爵小姐一样，即使你真那么想，你也应该想开一些，这就是说，你明明知道他们对你可能抱着什么看法，但是这种想法和你毫不相干，你要蔑视它，并且不根据它来采取任何行动。你以为，他们认为你在设想这一点……总而言之，"他补充说，觉得自己语无伦次了，"最好是根本不要妄加猜测。"

我朋友的话十分正确；但是只有在很久以后，通过生活实践我才确信，有好多事情看起来十分高尚，但是应当永远把它们埋藏在每个人心里，不让别人知道。琢磨这些事情是有害的，说出来就更加有害了。我又相信：高尚的言语很少同高尚的行动相一致。我确信，单凭表白良好的意图是很难，甚至多半不可能实现这种良好意图的。但是，怎么能够约束他不表白青年的高尚而扬扬自得的冲动呢？直到很久以后，我才回想起它们，惋惜它们，好像惋惜自己不由自主地折下的一朵含苞未放的花儿，看它后来在地上萎蔫、受人践踏一样。

我刚刚对我的朋友德米特里说到金钱如何破坏人与人之间的关系，而第二天早晨，在我们下乡以前，我发现自己的钱全都花费在买各种各样的图画和土耳其烟斗上了，所以只好接受他主动借给我的二十五卢布作为旅费，欠了他好久才归还。

二十二

和我的朋友谈心

我们这番谈话是在去昆采沃①路上的四轮轻便马车上进行的。德米特里劝我不要早晨去拜访他母亲，而是他午饭后来找我，带我到他家的别墅消磨一个夜晚，甚至在那里过夜。我们出了城，肮脏的、什么颜色都有的街道和马路上的难以忍受的震耳欲聋的嘈杂声被广阔的田野风光和车轮在尘土飞扬的土路上发出的轻柔的嘎吱声所代替，春天的芳香空气和旷野从四面八方包围住我，直到这时，我才从最近两天来把我搞得头昏脑涨的各种各样的新印象和自由的意识中清醒过来。德米特里又愿意同人谈话，又温和，既没有扭脖子调整领带，也没有神经质地眨眼睛，也没有眯缝起眼睛来。我很满意自己向他表白的那些高尚的感情，认为由于这些感情，他已经宽恕了我同科尔皮科夫的可耻事件，并不因此而轻视我了。我们友好地交谈着许多的知心话，那并不是在任何情况下人们会相互倾诉的。德米特里对我讲我还不认识的他的家庭，讲他的母亲、姨母、妹妹和沃洛佳与杜布科夫认为是我朋友的情人，管她叫红头发的那个女人。他用一种冷淡而庄重的赞美口吻谈到他的母亲，仿佛防止人家在这个问题上表示异议一样；他谈到他的姨母时，

---

① 城市名，距莫斯科十一公里。

他的态度是既兴奋又有些姑息；关于他妹妹，他谈得很少，好像不好意思跟我谈起她；关于那个红头发，他倒是很兴奋地对我谈论了一番，她真正的名字叫柳博芙·谢尔盖耶夫娜，是个老处女，因为亲属关系寄居在涅赫柳多夫家。

"是的，她是个非常好的姑娘，"他说，羞得满面通红，但是越发大胆地凝视着我的眼睛，"她已经不是个年轻的姑娘，甚至都快老了，而且长得一点不美，但是，爱美是多么愚蠢，多么可笑呀……我无法理解这一点，这太愚蠢了（他说这话的口吻，就像他刚刚发现一个最新的、非同寻常的真理一样）！但是她具有那样的灵魂，那样的心地和节操……我确信，在现在这种社会里，你再也找不到这样的姑娘啦（我不知道，德米特里是从什么人那里学来的习惯，说现在的社会里好的东西非常少，不过，他很爱重复这种说法，这种说法似乎对他也很合适）。我只怕，"他用自己的议论把那些爱美的蠢人完全抹杀以后，就平静地接着说，"我只怕你不能很快地了解她，认识她：她很谦虚，甚至很拘谨，不愿意显示她那美好的、惊人的品质。就说我妈妈吧，你会看到，她是一个很好、很聪明的女人，她认识柳博芙·谢尔盖耶夫娜已经好几年了，可是仍旧不能理解她，也不想理解她。甚至昨天，我……我告诉你，当你问我的时候，我为什么情绪不好。前天，柳博芙·谢尔盖耶夫娜希望我陪她到伊万·雅科夫列维奇家去。你大概听说过伊万·雅科夫列维奇吧，人家认为他是个疯子，其实他是个卓越的人物。我得告诉你，柳博芙·谢尔盖耶夫娜非常虔诚，而且十分了解伊万·雅科夫列维奇。她时常去他那里谈天，把她自己赚来的钱交给他转送给穷人。她是个了不起的女人，你就会看到的。我同她到伊万·雅科夫列维奇那里去了，十分感激她让我见到那个出色的人物。但是妈妈怎么也不理解这一点，把这当成迷信。昨天我和妈妈生平第一次争吵起来，而且吵得相当激烈。"他结束说，脖子痉挛地扭了扭，仿佛回想起他在那场争吵中体验到的心情。

"啊，你是怎么想法呢？就是说，你想象会有怎样的结果……也许你同她谈过将来如何，你们的爱情或友谊怎样收场吧？"我问道，想使他摆脱不愉快的回忆。

"你是问，我是不是想同她结婚吧？"他问我，脸又红了，但是扭过身来，大胆地望着我的脸。

"真的，"我安慰着自己，想道，"这没有什么，我们是大人了，两个好友坐着马车，讨论我们未来的生活。现在，就连任何局外人听到我们的谈话或者看见我们的神情，都会感到愉快的。"

"为什么不呢？"在我作了肯定的答复以后，他接下去说，"你要知道，我的目的就像明智的人所抱的目的一样，是尽可能过幸福美好的生活；而同她在一起，当我完全独立自主的时候，只要她愿意这样的话，我会比同世界上最漂亮的美人儿在一起还要快乐幸福。"

这么谈着，我们不知不觉地到了昆采沃，我们甚至没有注意到天空阴云密布，就要下雨了。夕阳已经西沉，在右边悬在昆采沃公园的古树上，光彩夺目的红色日轮有一半被微微透明的灰云遮住；另一半放射出支离破碎的、像火焰一样的光线，清晰地照亮了花园里的古树，浓绿的树梢还在那块无云的、被太阳照亮的蔚蓝色天空的背景中闪耀着。这块天空的亮光同我们前面地平线那里的小白桦树林上空悬着的紫色乌云形成了鲜明的对比。

再往右一些，从树林和灌木丛后边已经出现了五颜六色的别墅屋顶，有的反射着明亮的阳光，有的呈现出另外一边天空的阴沉景象。往下一些，左面有一个宁静的蓝色池塘，周围环绕着浅绿的杨柳，池塘暗淡的、似乎鼓起的水面上映出暗色的倒影。池塘那边的土坡上伸展着一片黑油油的休耕地，鲜绿的田垄笔直地伸向远方，直到阴沉沉的乌云密布的地平线为止。

我们的马车在一条柔软的道路上悠然地摇晃着,道路两旁,一丛丛多汁的燕麦有的已经开始抽穗,绿得耀眼。空气十分宁静,散发着清新的气息。翠绿的树叶和燕麦纹丝不动,清洁明亮得出奇。每片叶子,每棵小草,仿佛都过着自己美好幸福的生活。我发现路旁有一条幽暗的羊肠小径,蜿蜒曲折地穿过暗绿色的、高度已经超过四分之一尺的燕麦田。这条小径不知怎的使我特别鲜明地想到乡下;由于回忆乡下,由于某种奇妙的联想,我又特别生动地想到索涅奇卡,想到我爱她。

尽管我对德米特里怀着满腔友谊,而且他的坦率给了我莫大的乐趣,但是我再也不想知道他对柳博芙·谢尔盖耶夫娜的情感和意图,却急切地想告诉他自己对索涅奇卡的爱情,我觉得那是最高尚的爱情。但是不知为什么,我不敢直言不讳地向他吐露我的这种设想:当我同索涅奇卡结了婚,住在乡下,有一群在地下爬、管我叫"爸爸"的小孩,该有多么好;当他,带着他的妻子柳博芙·谢尔盖耶夫娜,穿着旅行服装来看望我,我该有多么高兴……我没有说这些话,只是指着落日说:"你看,德米特里,多么美呀!"

德米特里对我什么也没有说,他显然很不满意,因为我对他大概费了很大劲才吐露的自白置之不理,却让他去观赏他平常对之漠然的大自然。大自然对他和对我的影响完全不一样；打动他的不是大自然的美，而是大自然的引人入胜之处；他不是用感情，而是用理智来爱大自然。

"我非常幸福。"随后我又对他说，没有考虑他显然是在想心事，根本不关心我对他讲的事，"你记得吧，我对你讲过，我小时候爱过一个小姐；我今天见到她了，"我津津有味地说，"现在我确确实实爱上她了……"

尽管他脸上仍然是一副冷淡的神情，我还是对他讲了我的爱情和白头偕老的计划。说也奇怪，我刚刚详细描绘了自己感情的强烈程度，立刻就感到这种感情已经减弱了。

我们转到通往别墅的白桦林阴路上，遇到一阵小雨。但是，雨没有把我们淋湿。我所以知道在下雨，只是因为有几滴雨点落到我的鼻子和手上，因为有什么东西拍打着白桦树发光的嫩叶，白桦纹丝不动地垂着树叶纷披的树枝，使林阴路上充满强烈的香味，以此来表现，它们似乎很愉快地承受着这些纯净、透明的雨滴。我们下了马车，要赶紧穿过花园，跑到屋里去。但是我们在大门口遇到四位女士，两个拿着活计，一个拿着书，另一个抱着一只小哈巴狗，从另一边快步跑过来。德米特里马上给我介绍他母亲、妹妹、姨母和柳博芙·谢尔盖耶夫娜。她们停了一下，但是雨越下越密了。

"到凉台上去吧；在那儿你再介绍。"我认为是德米特里的母亲的那个女人说，于是我们同女士们一起走上楼梯。

二十三

涅赫柳多夫一家

起初，这一群人中，最使我吃惊的是柳博芙·谢尔盖耶夫娜，她穿着肥大的编织的鞋子，抱着小狗，随着大家走上楼梯，中途停下一两次，注意地打量我，接着马上又吻吻自己的小狗。她长得很不好看，火红的头发，又瘦又矮，身子有点歪。使她那不漂亮的面孔更加难看的是她那奇怪的发式，头发偏分着，这是秃顶的妇女给自己发明的一种发式。为了讨我朋友的欢心，虽然我设法寻找，但在她身上却找不出一点美的地方。就连她的褐色眼珠，虽然带着和善的神情，也太小、太无神了，一点也不好看；连她那双具有特色的手，虽然不大，也不难看，却是又红又粗。

当我跟着她们走进凉台的时候，除了德米特里的妹妹瓦连卡①只用她那深灰色的大眼睛盯了我一下而外，每位女士在重新开始做活以前，都同我寒暄了几句。瓦连卡把书摆在膝头上，用手指夹着书页，开始大声朗读。

玛丽亚·伊万诺夫娜公爵夫人四十来岁，是个身材高大匀称的女人。从她那从帽子下边露出来的花白鬈发看来，她的岁数还要大些，但是从她那鲜艳的、极其娇嫩的、几乎没有一道

---

① 瓦连卡是瓦连京娜的小名。

皱纹的面孔看起来,特别是从她那双大眼睛里活泼而愉快的光辉来看,她显得年轻得多。她的眼珠是褐色的,睁得大大的;嘴唇太薄,有些严肃;鼻子相当端正,但是稍稍往左歪着;她的手很大,几乎像男人的手,长着美丽的长指甲,没有戴戒指。她穿一件扣领的藏青色衣服,紧紧裹住她那窈窕的、依旧年轻的腰肢,显然这是她喜欢夸耀的。她坐得笔直,在缝一件衣服。我走进走廊的时候,她就拉住我的手,把我拖到她身边,仿佛想要从更近的地方端详我。她用酷似她儿子的有些冷漠而坦率的目光看了我一眼,然后说,因为听德米特里讲过,她早就认识我了,但是,为了使我和她们更熟悉起见,她请我同她们消磨一天一夜。

"您愿意做什么就做什么,一点也不要因为我们感到拘束,就像我们不因为您感到拘束一样,散散步,看看书,听听朗读,或者睡一觉,只要您觉得有意思就行。"她补充一句说。

索菲娅·伊万诺夫娜是个老处女,是公爵夫人的妹妹,但是看样子却比公爵夫人年纪大。她长着那种只有身材矮小、十分肥胖、穿紧身衣的老处女才具有的特殊丰满的体格。她的健康似乎一个劲儿地向上发展,使她随时都有窒息的危险。她那粗短的胳膊已经不能在她高耸的胸罩下面碰在一起,她已经看不到那绷得紧紧的胸罩上端了。

虽然玛丽亚·伊万诺夫娜公爵夫人长着黑头发、黑眼睛，而索菲娅·伊万诺夫娜却是金发碧睛，眼睛又大又活泼，又沉静（这是罕有的现象），但是两姊妹在血统上有很多相似之处：同样的表情，同样的鼻子，同样的嘴巴；只是索菲娅·伊万诺夫娜的鼻子和嘴唇稍微厚一些，笑的时候有点向右歪，而她姐姐的却向左歪。从索菲娅·伊万诺夫娜的装束和发式看来，她显然还想打扮得年轻些，如果有白头发，她也不愿意让这种鬓发露出来。最初我觉得她的目光和她对待我的态度好像非常傲慢，使我窘迫，而同公爵夫人相处我却觉得非常自在。也许是这种肥胖，以及令我吃惊的她同叶卡捷琳娜女皇的肖像有某些相似之处，使她在我的眼中具有傲慢的神情。但是，当她凝神望着我说"我们朋友的朋友，就是我们的朋友"时，我感到羞怯极了。直到她说完这些话，沉默下来，张开嘴，长叹了一口气以后，我才定下心来，突然完全改变了我对她的看法。大概由于肥胖，她养成一种习惯：说几句话，就微微张开嘴，转动几下蓝色的大眼珠，长叹一声。不知为什么，这种习惯表现出那么可爱的善良神情，因此在她叹气之后，我不再怕她，甚至非常喜欢她了。她的眼睛非常迷人，声音响亮悦耳，连她身体的那么圆滚滚的线条，在我那青年时代，都觉得不无妩媚动人之处。

柳博芙·谢尔盖耶夫娜，作为我的朋友的朋友（我以为这样），应当马上对我讲些十分友好的、亲切的话，她却默默无言地打量了我好久，仿佛决不定她要对我谈的话是不是过于亲切；但是，她只问我在大学哪一系来打破这种沉默。随后她又目不转睛地打量了我好久，分明在犹豫：要不要对我讲那些友好的、亲切的话？我发现她这样犹豫不决之后，就用面部的表情恳求她对我说出一切，但是她只说了声："听说，如今大学里已经很少人学科学了。"就去唤她的哈巴狗休泽特卡了。

这天晚上，柳博芙·谢尔盖耶夫娜讲的大半都是这类无关紧要、毫不连贯的话；但是我十分信任德米特里，而且他一晚上都那么担心地望望我，又望望她，神情仿佛在问："喂，怎么样？"这使得我，像常有的情形一样，虽然心里确信柳博芙·谢尔盖耶夫娜没有什么出众的地方，但是还远远不愿说出这种想法，甚至对我自己都如此。

最后，瓦连卡，这一家最末的一员，是个十六七岁的胖姑娘。

只有那双深灰色的大眼睛（眼睛里既表现出活泼，又表现出沉静的注意，特别像她姨母的眼睛），还有那条棕色的大辫子和两只极其娇嫩而美丽的手,是她身上美的地方。

"我想,monsieur Nicolas①,从半截听起,您会觉得枯燥无味。"索菲娅·伊万诺夫娜好心地叹息了一声对我说,一边翻动她缝的衣服。

这时朗读停止了,因为德米特里走出屋去。

"您也许看过《罗布·罗伊》②吧?"

当时我认为,单凭我穿着大学生制服,在同我不十分熟悉的人们交谈时,我就有义务十分聪明而独到地回答每一个最简单的问题,而且我认为单单直截了当地回答"是""不是""无聊""有趣"以及诸如此类的话,乃是奇耻大辱。我瞅了一下自己新做的时髦裤子和常礼服上亮晶晶的纽扣,回答说,我没有读过《罗布·罗伊》,很想听听人家朗读,因为我宁愿从半截腰看书,而不愿从头看起。

"那就加倍有趣:既要猜测过去,又要猜测未来。"我含着扬扬自得的笑容补充一句。

公爵夫人好像很不自然地笑了笑(以后我发现,她并没有

---

① 法语:尼古拉先生。
② 英国作家瓦尔特·司各特(1771—1832)的历史小说。作者在书中创造了一位"苏格兰的罗宾汉"。

别的笑法)。

"这也许是对的,"她说,"您要在此地逗留很久吗,Nicolas？我不称呼您'先生',您不见怪吧？您什么时候离开呢？"

"我不知道,也许明天,也许我们还要待好些时候。"不知道为什么我这么回答,虽然明天我们是一定要动身的。

"我倒希望您留下来,对于您,对于我的德米特里,"公爵夫人望着远处说,"在你们这种年纪,友谊是最好的东西。"

我觉得人人都望着我,等着听我说什么,虽然瓦连卡装出在看她姨母的针线活；我觉得,她们把我放到一种接受考试的地位,因此我得好好地大显身手。

"是的,对于我来说,"我说,"德米特里的友谊是有益的,但是我对他不会有益处,因为他比我强千百倍呀。"(德米特里不可能听到我说的话,要不然我就害怕他会感到我言不由衷了)

公爵夫人又发出她那已经成为习惯的不自然的笑声。

"不过听他说,"她说,"c'est vous qui êtes un petit monstre de perfection.①"

"Monstre de perfection②——这可妙极了,我得记住。"我

---

① 法语：您才是一个十全十美的怪人哩。
② 法语：十全十美的怪人。

暗自想。

"不过，不用说您啦，他在这方面也是个能手，"她压低声音接下去说（这使我觉得特别愉快），用眼睛向柳博芙·谢尔盖耶夫娜示意，"我认识柳博芙·谢尔盖耶夫娜和她的休泽特卡有二十年了，而他在可怜的姑姑（他们这样称呼柳博芙·谢尔盖耶夫娜）身上发现了我从来没有看出的完美……瓦连卡，叫人给我拿杯水来，"她补充一句，又望着远处，大概认为把家里的关系讲给我听还嫌太早，或者根本没有必要，"不，他还是走开的好。他没事可做，你朗读下去。去吧，亲爱的，您一直走出门，走十五步光景，就停下，大声说：'彼得，给玛丽亚·伊万诺夫娜拿一杯冰水来。'"她对我说，又不自然地轻轻笑了笑。

"她大概要议论我，"走出房间的时候，我暗自想，"大概她想说，她发现我是个非常聪明、聪明绝顶的青年人。"我还没有走上十五步，那个胖胖的索菲娅·伊万诺夫娜就喘吁吁地，但是迈着轻快的步伐，赶上了我。

"Merci, mon cher, [①]"她说，"我自己去吧，我去说一声。"

---

① 法语：谢谢，我亲爱的。

二十四

爱

后来我发现，索菲娅·伊万诺夫娜是属于少有的为家庭生活而生的、并不年轻的妇女，但命运偏偏不让她享受这种幸福，由于在这方面得不到满足，她们突然决定把为了子女和丈夫积聚已久的、在内心成长和巩固起来的全部的爱倾注到一些她中意的人身上。在这一类老处女身上，爱的储藏简直无穷无尽，虽然中意的人很多，她的爱却还绰绰有余，她们就把这种爱倾注到周围所有的人身上，倾注到凡是她在生活中接触到的好人和歹人身上。

爱有三种：

（一）美的爱；

（二）自我牺牲的爱；

（三）积极的爱。

我不谈青年男子对少女的爱或者少女对青年男子的爱。我害怕这样的柔情。我一生中非常不幸，在这种爱情中从来没有见过一点真情，见到的只有虚伪，在这虚伪之中，肉欲、夫妇关系、金钱、结婚或者离婚的愿望等等，大大扰乱了感情本身，闹得一切都辨别不清。我要说的是对人的爱，根据感情的强弱，或是集中在一个或几个人身上，或者倾注到许多人身上，我是说对父母、兄弟、子女、同伴、朋友、同胞的爱，我说的是对人的爱。

美的爱是爱这种感情本身的美和它的表现的美。对于这样爱的人来说,所爱的对象只有在它能引起一种快感时才是可爱的,他们享受这种快感的意识和表现。用美的爱来爱的人,很少关心相互间的关系,认为这种情况对感情的美和乐趣毫无影响。他们时常变换自己爱的对象,因为他们的主要目的只不过是经常要激起爱的快感。为了保持这种快感,他们经常用最优美的语言,向对象本身、向一切甚至与这爱毫不相干的人们来倾诉自己的爱。在我国,一定阶级的、爱这种美的人们,不但逢人就述说自己的爱,而且一定要用法语讲。说来又可笑又奇怪,不过我确信,在社会上某一团体里,过去有许多人,现在还有许多人,特别是妇女,要是禁止她们讲法语,她们对朋友、丈夫和子女的爱马上就会消逝。

第二种爱——自我牺牲的爱,就是对为了所爱的对象而牺牲自己的过程的爱,丝毫不顾这种牺牲对于所爱的对象有益还是有害。"为了在全世界面前证实我对他或者她的忠诚,任何麻烦事我都敢做。"这就是这种爱的公式。这样爱的人从来不相信互爱(觉得为了不理解我的人牺牲自己更有价值),他们总是病态的,这也增加了牺牲的美德;他们大部分是始终如一的，因为他们如果丧失为所爱的对象作出牺牲的美德，就感到痛苦；他们总是准备以一死来向他或她证明自己的一片忠诚，但是他们忽视日常的、细微的、不需要特殊牺牲热情的爱的表征。你胃口好不好，睡得好不好，你开心不开心，你身体健康不健康，他们都不在乎，即使他们办得到，他们也决不为你张罗这些事情；但是，只要一有机会，他们情愿冒着枪林弹雨，赴汤蹈火，为爱殉身，他们经常准备这样做。再有，喜欢自我牺牲的爱的人们，总以自己的爱感到自豪，他们苛求，嫉妒，猜疑，而且说也奇怪，他们盼望自己的对象遇到危险，以便前去搭救；盼望对象遭到不幸，以便前去安慰；甚至盼望对象有缺点，以便加以纠正。

比方，你和妻子单独住在乡间，她以自我牺牲的精神爱着你。你健康，平安，你有你喜欢的工作；爱你的妻子是那么娇弱，不能操持家务，只好交给仆人去做；她也不能照看孩子，只好交给保姆去管；她甚至连自己所喜爱的事情都不能做，因为除了你而外，她什么也不爱。她显然有病，但是不愿让你发愁，不想对你提这一点；她显然感到寂寞，但是为了你，她情愿寂寞一生；你全神贯注在工作上（不论是狩猎、书本、农业或者公事），这显然使她感到十分痛苦；她看出这些事情会断送你的性命,但是她默不作声,忍耐着。到后来,你果真病倒了,这时爱你的妻子就忘掉自己的病痛,寸步不离地坐在你的床边,尽管你恳求她不要白白折磨自己;你时刻都感到她那同情的目光落到你身上,好像说:"唉,我不是说过吗?不过,对于我总是一样,我反正不离开你。"第二天,早晨你觉得好了一些,走进另一个房间。那个房间里没有生火,也没有拾掇;你虽然只能喝汤,她却没有吩咐厨师去做,也没有派人去买药。爱你的妻子虽然由于通宵不眠疲惫不堪,却依旧用同情的眼光凝视着你,踮着脚尖走路,小声对仆人发出一些含混而生疏的命令。你要看书,爱你的妻子就叹气说,她知道你不听她的话,会生她的气,但是这些她已经习以为常了,你最好还是不要看书;你想在房间里走走,她也说你最好不要这样;你想同一位客人谈谈,她就劝你最好不要谈话。夜里你又发烧了。你想打个盹,但是爱你的妻子,瘦弱而苍白,偶尔叹口气,在半明半暗的小灯的微弱光线中坐在你对面的安乐椅上,她那轻微的动作、轻微的声音使你烦躁和不耐烦。你有个侍候了你二十年的仆人,你已经同他相处惯了,由于他白天睡够了,而且他的服务会得到报酬,所以他会愉快而出色地服侍你,然而她却不让他来服侍你。她用自己那柔弱的、不习惯干活的手指亲自动手去做一切，当这些白皙的手指徒劳无益地试图开药瓶、熄蜡烛、倒药水的时候，或者带着嫌恶的神情来摸你的时候，你不能不压抑着一腔怒火去望着它们。如果你是个性情急躁、好动怒的人，请她出去，那么，你那易受刺激的、生病的耳朵就会听见她在门外温顺地叹气和哭泣，对你的仆人嘟囔一些荒谬的话。最后，如果你没有死掉，爱你的妻子由于在你生病期间二十夜未睡（她不断地跟你提这件事）而病倒了，憔悴了，她痛苦，变得越发什么事情也不能做了。等你的健康恢复正常时，她只能用温柔的郁闷来表示自己的自我牺牲的爱，而这种郁闷会不知不觉地传染给你和周围所有的人。

第三种——积极的爱，就是渴望满足爱人的一切需要、一切愿望、怪癖，甚至缺陷。像这样爱着的人们，他们的爱总是始终不渝，因为他们爱得越久，他们越了解爱的对象，就越容易去爱，也就越容易满足对象的愿望。他们很少用言语来表达爱，即使表达，也不是扬扬自得地尽说些漂亮话，而是带着羞涩的、不好意思的神情，因为他们总怕爱得不够。这些人甚至爱他们所爱的人的缺点，因为这些缺点使他们能够满足更多的新愿望。他们寻求互爱，甚至甘愿欺骗自己来相信互爱的存在，如果得到的话，便感到幸福；万一得不到，他们也仍旧爱下去，不但希望爱的对象得到幸福,而且总是利用他们所掌握的一切大大小小的、精神上和物质上的手段来达到这个目的。

在索菲娅·伊万诺夫娜的目光中,在她的一言一行中,不论对外甥、外甥女、姐姐、柳博芙·谢尔盖耶夫娜,甚至对我(因为德米特里爱我),都闪耀着这种积极的爱。

过了很久,我才充分理解索菲娅·伊万诺夫娜的价值,但是,就是在这个时候,我心中还产生了这样一个问题:德米特里既然想用与一般青年完全不同的方式来了解爱,而且始终有一位可爱的、多情的索菲娅·伊万诺夫娜摆在眼前,他为什么突然热爱上那个难以理解的柳博芙·谢尔盖耶夫娜,而仅仅承认他的姨母也有美好的品质呢?看来,"本地的先知不吃香"这句名言是不错的。究其原因,不是由于人身上的缺点比优点多,就是由于人对于恶比对于善更容易感受。德米特里了解柳博芙·谢尔盖耶夫娜还不久,而姨母的爱他生下来就体验到了。

二十五

我认识了

我回到凉台上的时候,她们根本没有像我猜想的那样在议论我;不过瓦连卡没有朗读,她把书放在一边,正在同德米特里激烈争辩,德米特里踱来踱去,扭着脖子调整领带,眯缝着眼睛。他们争论的题目表面上是伊万·雅科夫列维奇和迷信;但是这场争论过于激烈了,它的内容就不可能不暗示着同全家有密切关系的事情。公爵夫人和柳博芙·谢尔盖耶夫娜默默无言地坐着,一字不漏地听着,显然希望有时候参加到争论中去,但是抑制着自己,让别人代她们发言,瓦连卡代替一个,德米特里代替另一个。我进去的时候,瓦连卡漫不经心地瞟了我一眼,可见,那场争论使她全神贯注,她毫不介意我是否会听见她说的话。公爵夫人的眼光中也有同样的神情,她分明站在瓦连卡那边。但是,德米特里当着我的面争论得更激烈了,柳博芙·谢尔盖耶夫娜好像因为我进来而感到十分惊慌,并不专对着什么人说:

"老人们说得对,si jeunesse savait, si vieillesse pouvait[①]。"

然而这句名言并没有使争论停止,只使我想到柳博芙·谢尔盖耶夫娜和我朋友那一方是不对的。虽然我觉得,在发生小

[①] 法语:但愿青年解事,老年有为。

小的家庭口角时，有我在场是有几分难为情，但是看到这一家人在争论中表现出来的真正关系，感到我在场并没有妨碍他们表现这种关系，还是很愉快的。

常常有这种情形，你多年来看到一个家庭被同一的虚伪客套的帷幕遮掩着，他们的家庭成员的真正关系对你是个秘密（我甚至注意到，这张帷幕越厚，因此也越是美，你所见不到的那种真正关系就越糟糕）。但是，一旦完全出乎意料之外，在这个家庭圈子里发生一桩有时似乎微不足道的问题，如关于某种丝织花边，或者妻子驾上丈夫的马出去拜访等等，并没有任何明显的理由，这场争论却变得越来越激烈，在那块帷幕后面已经没有解决问题的余地；突然，使争论的人们恐惧万分，使在场的人们也惊异不止的是：一切真正的、粗暴的关系都暴露出来了，帷幕再也遮不住什么，它悠然自得地在争论的双方之间摇晃着，只会令你想到你怎么会被它蒙骗了这么久。一个人即使用足力气往门楣上撞头，往往也没有轻轻触到痛处那么疼。而差不多家家都有难言的隐痛。在涅赫柳多夫家，德米特里对柳博芙·谢尔盖耶夫娜怀着的异样的爱情，就是这种难言之隐，它在他母亲和妹妹心里唤起了即使不是嫉妒，至少也是受了侮辱的家属感情。因此，关于伊万·雅科夫列维奇和迷信的那场争论，对于他们大家才会有那样重大的意义。

"你总是看重别人嘲笑的东西和大家轻视的东西，"瓦连卡用响亮的声音一字一顿地说，"你总是在这些里面千方百计地找出特别好的地方。"

"第一，只有最轻浮的人才能说出看不起伊万·雅科夫列维奇这样卓越人物的话，"德米特里回答说，痉挛地把头朝他妹妹相反的方向扭了扭，"第二，相反的，你却故意千方百计地看不见摆在你眼前的好东西。"

当索菲娅·伊万诺夫娜回到我们这里来的时候，她好几次带着惊恐的神色，一会儿看看外甥，一会儿看看外甥女，随后又看看我，有一两次张开嘴深深叹了口气，好像心里在说什么。

"瓦连卡，请赶快念吧，"她说，把书递给瓦连卡，疼爱地拍拍她的手。"我一定要知道他又找到她没有（小说里似乎根本没有谈到谁找到谁的事）。你呀，德米特里，最好把腮帮扎上，亲爱的，要不然天凉了，你又要牙疼。"她对外甥说，尽管他投给她不满的眼色，大概因为她打断了他的论据的逻辑思路。朗读又继续下去。

这场小小的争论丝毫没有破坏家庭的宁静和这个女性圈子之间的和睦关系。

这个圈子的倾向和风格显然是由玛丽亚·伊万诺夫娜公爵夫人确定的,在我看来,它具有一种崭新的、动人的、合乎逻辑而又单纯优美的风格。我从各种物件——小铃、书的封面、安乐椅、桌子——的优美、干净和坚实之中,从公爵夫人用胸衣衬出的笔挺的姿态中,从她那露在外边的花白鬓发中,从她一看见我就只称呼我为"Nicolas"的态度中,从她们所做的事情中,从朗读、缝纫,从妇女的手的异常白皙中,都看到了这种风格(她们的手都带有共同的家族特征,手心鲜红,有一条笔直的线同白得出奇的手背分开)。但是,这种风格最鲜明地表现在她们三个人讲话的风度上,她们的俄语和法语都说得极好,咬字清楚,像学究那样准确地说完每个字和每句话。这一切,特别是她们像对待成年人一样,自然而严肃地对待我,她们对我讲她们的意见,也倾听我的意见。我对这种情况很不习惯,尽管我衣服上有亮晶晶的纽扣和蓝袖口,我还是害怕她们会冷不防对我说:"难道您真以为人家会同您谈正经的吗?念书去吧!"总之,这一切使我同她们在一起丝毫没有感到忸怩不安。我站起来,从这个座位移到另一个座位,大胆地同大家聊天,只有对瓦连卡是例外,不知为什么,我觉得初次见面就同她谈天是有失体统的,也是不准许的。

听着她朗读时那种嘹亮悦耳的声音,我一会儿望望她,一会儿望望花园里被雨点淋上圆圆的黑点的沙砾小路,望望菩提树,零零落落的雨点依旧从使我们挨了淋的、现在露出蓝天的那块云彩边上滴到树叶上,随后我望了望鲜红的落日余晖照耀着被雨淋湿的茂盛的老桦树,又望了望瓦连卡,我心里想,她一点也不像我最初觉得的那么难看。

"可惜我已经情有所钟了,"我暗自思忖,"可惜瓦连卡不是索涅奇卡!如果我突然成为这个家庭的一员,我突然有了母亲、姨母和妻子,那该多么好啊!"这样想着的时候,我聚精会神地盯着正在朗读的瓦连卡,而且想象我在对她施催眠术,她应当望我一眼。瓦连卡从书本上抬起头来,望了望我,遇到我的视线,就扭过头去。

"不过还在下雨。"她说。

突然间我体验到一种异样的心情:我想起来,现在发生的一切正是旧事重演,那时也是下着毛毛细雨,太阳落到桦树后边,我望望她,她正在朗读,我向她施催眠术,而她回头一看,我甚至想起来,从前还有过一次这样的情况。

"难道她是……她吗?"我暗自思索,"难道真的开始了吗?"但是我立刻断定她不是她,现在还没有开始。"第一,她不美,"我想,"她只是我以最普通的方式认识的一个普通的姑娘,而那一个将是非同寻常的,我会在什么不寻常的地方遇见的;再者,我所以非常热爱这一家人,只是因为我还没有见过世面,"我寻思,"毫无疑问,这样的人永远会有,我一生中还会遇到很多。"

二十六

卖弄聪明

吃茶的时候，朗读停止了，女士们彼此开始谈到我所不熟悉的人物和情况，我觉得，这只是为了使我感到：她们虽然很亲切地接待我，但在年龄和社交地位上我同她们之间还是有差别的。到了我能够参加的一般性谈话时，为了弥补我以前的沉默，我极力卖弄我那异常的聪明和独到的见解，由于我的制服，我觉得这是特别义不容辞的。谈到别墅的时候，我突然说，伊万·伊万内奇公爵在莫斯科附近有一所极好的别墅，甚至有人从伦敦和巴黎前来参观；那里有一道价值三十八万卢布的栏杆；我又说伊万·伊万内奇公爵是我的近亲，我今天曾在他家里吃过午饭，他邀我一定到他的别墅去住上整整一个夏天，但是我拒绝了，因为那座别墅我太熟悉了，在那里住过好几次，我对于所有那些栏杆和小桥丝毫也不感兴趣，因为我忍受不了奢华气派，特别是在乡下，我喜欢在乡下就要完全像在乡下的样子……这样胡诌了一通之后，我狼狈起来，满面通红，因此大家一定都看出我是在撒谎。这时正递给我一杯茶的瓦连卡，还有在我说话时望着我的索菲娅·伊万诺夫娜，都扭过脸去，谈起别的事情，她们脸上的表情，就像后来我常见到的当善良的人们听到非常年轻的人显然是当面撒谎时，脸上流露出的表情一样，意思是说："我们明明晓得他在撒谎，这个可怜的家伙为什么这么做呢?……"

我谈到伊万·伊万内奇有别墅,是因为我找不到更好的借口来提我与伊万·伊万内奇公爵的亲戚关系和当天我在他家吃过午饭;但是我为什么提起价值三十八万卢布的栏杆,提到我常到他的别墅去,而实际上我一次也没有去过,也不可能到伊万·伊万内奇公爵那里去(涅赫柳多夫一家知道得很清楚,这位公爵只住在莫斯科和那不勒斯)呢?我为什么要说这些?连我自己都回答不上来。无论在童年时代,少年时代,还是在以后年纪更成熟的时代,我都没有发现自己有撒谎的毛病;相反地,我倒有过分诚实坦率的倾向;但是在青年时代的最初时期,我时常有一种奇怪的欲望,平白无故地睁着眼说瞎话。我说"睁着眼",是因为我在很容易被人戳穿的事情上扯谎。我认为,这种奇怪嗜好的主要原因是:想使自己显得同本来的我截然不同的好虚荣的愿望,加上撒谎而不被戳穿的那种实现不了的希望。

吃过茶以后,由于雨过天晴,晚霞似锦,公爵夫人提议到下面花园里去散步,欣赏一下她喜爱的地方。按着我那总想标新立异的原则,而且认为像我和公爵夫人这样的聪明人应该摆脱庸俗的客套,我回答说,毫无目的的散步真让人受不了,如果我喜欢散步，我就一个人去。我根本没有想到，这是十分粗野无礼的。不过，当时我觉得，正像没有比庸俗的客套更可耻的东西一样，也没有比某种无礼的坦率更可爱、更新奇的东西了。我虽然很满意自己的回答，但我还是同大家一起散步去了。

公爵夫人喜爱的地方在最下边，在花园的幽静的角落，在狭长的池沼上架着小桥的地方。景色有限，但是像梦境一般非常幽雅。我们太习惯于把艺术和自然混为一谈，以至我们时常觉得在画中没有见过的自然风景是反常的，好像大自然本身是不自然的一样；反过来，在画中常见的现象，我们又觉得平淡无奇，而我们在现实中所见到的一些太富于同样情调的风景，又似乎是矫揉造作的。从公爵夫人心爱的场所看到的就是这样的景色：有个池畔杂草丛生的小池塘，背后是长着参天古树和灌木丛的陡峭山峦，各种颜色的枝叶常常混成一片，山脚有一株老白桦树弯到池塘上，粗大的树根有一部分插在池塘湿润的岸边，树冠倚着一棵高大笔直的白杨树，茂盛的枝条垂在光滑的水面上，池中映出条条垂枝的倒影和周围的青枝绿叶。

"景致多美啊！"公爵夫人说着，摇摇头，并不特别对哪一个人说。

"是的，美极了，不过我觉得太像舞台布景了。"我说，对样样事都想卖弄我有自己的看法。

公爵夫人好像没有听到我的话,继续欣赏美景,她转向她妹妹和柳博芙·谢尔盖耶夫娜,指出景致最美妙的地方,她特别喜欢弯下的树枝和它的倒影。索菲娅·伊万诺夫娜说这一切都优美动人,她姐姐常常流连忘返地在这儿消磨几个钟头,但是显然她说这些只是为了让公爵夫人高兴。我发现,赋有积极的爱的本领的人,对于大自然的美是缺乏感受的。柳博芙·谢尔盖耶夫娜也赞不绝口,顺便还问了一声:"这棵白桦树用什么支着?会立很久吗?"她不住地看她的休泽特卡,它摇摆着毛蓬蓬的尾巴,带着仿佛是平生第一次出门似的着急神情,迈着短短的罗圈腿在小桥上跑来跑去。德米特里和他母亲展开了十分合乎逻辑的争论,说视野受局限的风景不可能是美的。瓦连卡一句话也没有说。我回头看她的时候,她倚着小桥的栏杆,侧面朝我站着,眼睛望着前方。一定有什么东西强烈地吸引住了她,甚至打动了她,因为她显然出神了,没有想到自己,也没有想到有人在看她。她那双大眼睛的眼神中含着那么多全神贯注的注意力和平静而开朗的思绪,她的姿态那么随便自然,虽然她的身材不高,然而却显得那么庄严,使我仿佛又回忆到她而吃惊起来,我又自言自语地说:"没有开始吗?"于是我又回答自己说，我已经爱上了索涅奇卡，而瓦连卡只是一位小姐，我朋友的妹妹。但是，这时我很喜爱她，因此我产生了一种难以抑制的愿望想对她说些不中听的话，做些扫兴的事。

"你知道，德米特里，"我对我的朋友说，更走近瓦连卡，好让她听到我要说的话，"我觉得，就是没有蚊子，这地方也没有什么好，而现在，"于是我拍了拍前额，真的打死了一只蚊子，"这儿根本不好。"

"您好像不爱大自然？"瓦连卡头也不回地对我说。

"我认为这是又无聊又无益的事。"我回答，高兴我总算对她说了点杀风景的、同时又独出心裁的话。瓦连卡带着遗憾的神情微微扬了扬眉毛，接着又静静地凝视着前方。

我恼恨起她来，但是，尽管如此，她倚着的油漆剥落的灰色桥栏，倾斜的桦树在幽暗的池塘里映出的、似乎要和垂枝混成一片的倒影，沼泽的气味，在额头上打死蚊子的感觉，瓦连卡聚精会神的眼光和庄严的神态——这一切后来却时常出其不意地出现在我的想象中。

二十七

德米特里

我们散完步回到家里的时候，瓦连卡不愿意像往常晚上那样唱歌了，我却很自信地认为这是因为我的缘故，以为这是因为我在小桥上对她说的话引起的。涅赫柳多夫家的人没有用晚饭，早早地就分散了，而那一天，正像索菲娅·伊万诺夫娜所预料的，德米特里真的牙疼起来，因此我们比平时早一些走进他的房间。我认为自己已经完成了我的蓝领子和金纽扣所要求的一切，而且大家都很喜欢我，我的心情极为愉快，得意洋洋。德米特里却恰好相反，由于争论和牙疼，沉默郁闷。他坐在桌旁，拿出自己的日记本和笔记本，他有个习惯，每天晚上把自己要做的事情和已经做的事情都记在笔记本上。他不住地皱紧眉头，用手摸脸，在日记本和笔记本上写了好久。

"啾，别管我！"他对索菲娅·伊万诺夫娜派来问他牙疼得如何，要不要敷药的使女吆喝道。后来，说了一声"我的床马上就铺好，马上就回来"，他就到柳博芙·谢尔盖耶夫娜那里去了。

"多可惜，瓦连卡长得并不漂亮，她根本不是索涅奇卡！"我一个人留在房间里时，这样暗自寻思。"大学毕业后，到她们这儿来向她求婚，有多么好啊！我会说：'公爵小姐，我已经不年轻了；我不能疯狂地恋爱了，但是我永远会像爱亲姊妹那样爱您。''我早就很敬重您,'我会对她母亲说,'而您,索菲娅·伊万诺夫娜,相信我,我非常、非常重视您。''直截了当地对我讲吧,您愿意做我的妻子吗?''是的。'于是她把手伸给我,我紧紧握住,说:'我的爱情不是挂在嘴边上,而是表现在实际行动上。'"可是,我猛然想道,"如果德米特里突然爱上柳博奇卡,——因为柳博奇卡本来就爱上他了——要同她结婚呢?那么我们中间就有一个不能结婚。①这就妙极了。我将来一定这么办。我马上就会看出这一点,但是我一声不响,走到德米特里跟前,说:'我的朋友,我们相互隐瞒是没有用的。你知道,我对你妹妹的爱情至死不渝;但是我一切都晓得了,你破坏了我的最美好的希望,你使我不幸;不过,你知道尼古拉·伊尔捷尼耶夫是怎样以德报怨吗?现在,我把我姐姐给你。'于是我就把柳博奇卡的手交给他。他会说:'不,无论如何也不行!'……于是我就说:'涅赫柳多夫公爵!您要想比尼古拉·伊尔捷尼耶夫更宽宏大量是徒劳无益的。世界上再也没有人比他更慷慨了。'随后我就行个礼,走了出去。德米特里和柳博奇卡含着泪跑来追我,恳求我接受他们的牺牲。于

---

① 在俄国,夫妇的兄弟姐妹通婚是非法的。

是我就同意了,而且会非常、非常幸福,只要我爱上瓦连卡……"这些幻想太令人愉快了,我很想把它告诉我的朋友,但是,尽管我们之间立下互相开诚布公的誓言,不知为什么,我觉得实际上是不可能这么说的。

德米特里从柳博芙·谢尔盖耶夫娜那里回来,牙齿上擦了她给他的药水,但是更疼了,因此他就更加郁闷起来。还没有给我铺好床,一个男孩——德米特里的仆人——来问我睡在什么地方。

"滚出去!"德米特里跺了跺脚喝道,"瓦西卡!瓦西卡!瓦西卡!"那个男孩刚走,他又喊道,声音越来越提高,"瓦西卡,给我在地板上铺床。"

"喂,最好我睡在地板上。"我说。

"哦,随便铺在哪儿都行,"德米特里用同样愤怒的声调继续说,"瓦西卡!你为什么不铺呀?"

但是瓦西卡显然不明白要他做什么,站在那儿一动不动。

"喂,怎么啦?铺呀!铺呀!瓦西卡!瓦西卡!"德米特里喊叫着,突然发起火来。

但是瓦西卡还是不明白,畏缩着一动不动。

"你咒我死……要把我逼疯吗?"

于是德米特里从椅子上跳起来，跑到那个男孩跟前，用拳头使劲在瓦西卡头上打了几下，瓦西卡拼命跑出屋去。德米特里停在门口，回头看看我，他脸上方才闪现的狂怒而残忍的表情已经变成那么柔和、羞怯、多情的、孩子般的神情，使我甚至可怜起他来，尽管我想扭过身去，却不能那样做。他什么也没有对我说，在房间里默默地踱了好久，偶尔带着求恕的目光看我一眼，随后从抽屉里拿出笔记本，在上面写了点什么，脱掉常礼服，仔细叠好，走到挂着圣像的角落，把两只白皙的大手交叉在胸前，开始祈祷。他祈祷了好久，瓦西卡趁这工夫拿来一床褥垫，按照我小声吩咐他的那样，铺在地上。我脱了衣服，躺在地铺上，德米特里却还在祈祷。望着他那微微弯着的脊背和他每次跪拜时好像很恭顺地摆在我面前的脚跟，我比以前更强烈地爱德米特里了，心里不住地寻思："要不要告诉他，我梦想到的我们的姐妹的事呢？"祈祷完毕，德米特里就到我的地铺上躺下，用胳膊肘支着身子，默默地用亲切的、羞怯的眼光看了我好久。他这样显然很痛苦，但是他仿佛在处罚自己。望着他，我微微一笑。他也笑了。

"你为什么不对我说，"他说，"我的举动很不好？要知道，你刚才是那么想的吧？"

"是的，"我回答，虽然我想的是另外一回事，但是我仿佛觉得，我真的想过这个问题，"是的，这很不好，我没有想到你会这样。"我说，这时候用你称呼他，使我感到特别畅快。"喂，你牙疼怎么样了？"我补充一句说。

"过去了！啊，尼古连卡，我的朋友！"德米特里开口说，说得那么亲切，明亮的眼睛似乎热泪盈眶了，"我知道，也感到我是多么不好，上帝知道我多么渴望好一些，而且求他使我好一些；不过，如果我生就这样一种不幸的、讨人嫌的性格，我可有什么办法呢？我怎么办呢？我极力克制自己，想要改正过来，但是你知道，这一下子是办不到的，单凭自己是办不到的。得有人帮助我，支持我。这个人就是柳博芙·谢尔盖耶夫娜，她了解我，在这方面给了我很多帮助。根据我的笔记我知道，最近这一年我改多了。噢，尼古连卡，我亲爱的！"在这样的自白以后，他用一种特殊的、异常温柔的神情和更平静的声调接着说，"像她这样的妇女的影响，有多么大的意义呀！天啊，一旦我独立自主了，同她这样的朋友在一起，那该有多么好啊！同她在一起，我完全是另外一个人了。"

这以后，德米特里开始向我发表他的结婚、村居生活和不断改造自己的计划。

"我将住在乡下,你来看我,也许你会同索涅奇卡结婚,"他说,"我们的孩子们在一起玩。这一切好像又可笑,又愚蠢,不过也许会实现的。"

"可不是!这很可能!"我笑着说,同时又想,如果我同他妹妹结婚,那就更好了。

"你知道,我要告诉你什么吗?"他沉默了一会儿,说,"你只想象你爱上了索涅奇卡,不过,我看这都是无所谓的。你还不懂什么是真正的爱情。"

我没有反驳,因为我差不多非常同意他的话。我们沉默了一会儿。

"你大概注意到,我今天又发了脾气,而且同瓦连卡瞎争论了一场。后来我觉得非常不自在,特别是因为当着你的面。虽然好多事情她的想法不对头,但是她是个了不起的姑娘,一个非常好的姑娘,你更深入了解她的时候就知道了。"

他改变了话题,从谈论我没有真正恋爱转到称赞自己的妹妹,这使我特别高兴,而且使我脸红,但是我依旧没有同他谈一句关于他妹妹的话,于是我们就继续谈别的了。

我们就这样一直谈到鸡啼第二遍,当德米特里回到自己床上,吹灭了蜡烛时,窗口已经透进微微的曙光了。

"哦，现在睡吧。"他说。

"好，"我回答，"不过再说一句话。"

"说吧。"

"活在世界上很美妙吧？"我说。

"活在世界上是很美妙的。"他回答的声调使我在黑暗中仿佛看见他那快活、温柔的眼神和孩子般的微笑。

二十八

在乡下

第二天，我和沃洛佳乘着驿车下乡了。一路上，我重温着有关莫斯科的种种回忆。我回想起索涅奇卡·瓦拉希娜，但这是当我们已经走了五站，在黄昏时分才想起来的。"真怪，"我想，"我堕入情网，但是竟然完全忘了这件事；我应该想到她呀。"于是我开始想她，就像在旅途中那样想法，虽然不连贯，但是逼真。我想念她想到这种地步，以致到了乡下那两天，不知为什么，我认为在全家面前，特别是在卡坚卡面前，必须显得忧郁和若有所思；我认为卡坚卡在这种事上非常在行，于是我向她暗示了一下我的心境。但是，尽管我拼命自欺欺人，尽管我有意仿效我在情人们身上看到的一切特征，我却只有两天，而且不是经常的，主要是在傍晚想到我是在恋爱。最后，我一进入乡居生活和事物的新轨道，就完全忘记自己爱索涅奇卡了。

我们夜里到达彼得罗夫斯科耶，我睡得那么香甜，竟没有看到房子，没有看到白桦林阴路，也没有看见家里一个人，他们都散了，早就睡觉了。驼背的老福卡赤着脚，肩上披着他老婆的棉袄，拿着一支蜡烛，前来给我们开门。一看见我们，他欢喜得直颤抖，连连吻我们的肩头，连忙收拾起他的毯子，开始穿衣服。我穿过门廊，走上楼梯，还没有完全醒过来，但是在前厅里，门锁，门闩，一块翘起的地板，箱子，滴满烛油的旧烛台，刚刚点上的弯弯的、冷的牛油蜡烛芯的影子，还有那永远布满灰尘的、没有拆下来的双层窗户（我记得，窗外长着一棵山楂树）——这一切是那么熟悉，充满那么多的回忆，彼此那么和谐，仿佛被一种思想联结在一起似的，使我突然感到这幢可爱的老房子在爱抚我。我不由自主地想到这个问题：我们——我和这幢房子，怎么能分离这么久呢？——于是我连忙跑去，看看其他的房间是否依然如故。一切照旧，只是全都变小了、矮了，而我似乎变得又高、又粗、又笨重了；但是，虽然我变得这样，房子却依旧欢喜地把我拥入它的怀抱，每块地板、每扇窗户、每级楼梯、每个声音，都在我的心头唤起无穷的形象，唤起千思万绪，唤起一去不复返的幸福的往事。我们到了我们儿时的卧室，童年的一切恐怖又潜伏在角落和门口的黑暗里；我们走进客厅，静穆、温存的母爱仿佛仍然散布在房间里的一切物件上；我们穿过大厅，喧哗的、无忧无虑的儿童的欢笑好像还萦绕在这个房间里，只等待人们使它复活。福卡把我们领到起居室，给我们铺好床，这个房间里的一切——穿衣镜、屏风、古香古色的木刻神像、糊着白纸的墙壁上的每个坑洼，都仿佛提示着痛苦、死亡和再也不会存在的东西。

我们躺下，福卡说了声晚安，就走开了。

"maman 不是在这个房间里死去的吗？"沃洛佳说。

我没有回答他，假装睡着了，如果我一说话，一定会哭起来。第二天清早我醒来的时候，爸爸穿着睡衣和软靴，嘴里叼着雪茄烟，坐在沃洛佳的床上，同他又说又笑。他愉快地耸耸肩，从沃洛佳的床上跳起来，走到我跟前，用他的大手拍拍我的脊背，把脸颊凑过来，贴到我的嘴唇上。

"哦，好极了，谢谢你，外交家！"他用他那特殊的、开玩笑的爱抚声调说，明亮的小眼睛凝视着我，"沃洛佳说你考得很好；好样的，好极了。只要你决心不淘气，你也是我的好孩子。谢谢你，我的宝贝！现在我们可以在这儿过过舒服日子，冬天我们也许搬到彼得堡去。只可惜打猎的季节过去了，不然我可以让你们开开心。你会用枪打猎吗，弗拉基米尔？野味多极了，哪天我亲自陪你们去。到了冬天，上帝保佑，我们搬到彼得堡去，你们要见见世面，结识些人。你们现在是我的大孩子了，我刚刚还对弗拉基米尔说，你们现在走上人生大道，我的任务已经完了，你们可以自己开步走了，不过，如果你们有事愿意和我商量，那就同我商量吧。我现在不是你们的监护人，而是一个朋友；至少我愿意做你们的朋友和伴侣，可能的话，做个顾问，再没有别的了。这合乎你的哲学吗，考考？怎么样，好还是不好？嗯？"

我当然说好极了，而且我真觉得那样。爸爸那天的表情似乎特别动人、快乐而幸福。他对待我像对待一个平辈、一个同伴一样，这种新的关系使我比以前更爱他了。

"喂，讲给我听听，你拜访过我们所有的亲戚了吗？到伊温家去过吗？见过那个老头儿吗？他对你说什么来着？"他继续盘问我，"你拜望过伊万·伊万内奇公爵吗？"

我们没有穿好衣服，就这样谈了好久，阳光已经开始从起居室的窗口移开，雅科夫（他还像从前那样老态龙钟，手指还是在背后乱动，还带着仍然这个口头禅）走进我们的房间，禀报爸爸说小马车已经套好了。

"你到哪儿去？"我问爸爸。

"啊呀，我倒忘记了，"爸爸说着，烦恼地耸了耸肩，轻轻咳嗽了一声，"我答应今天到叶皮凡诺夫家去。你们记得叶皮凡诺娃——la belle Flamande 吗？她过去常来探望你们的 maman。他们这家人好极了。"于是爸爸耸耸肩膀（我觉得他好像害羞了），走出屋去。

我们聊天的时候，柳博奇卡已经几次走到门口，不断地问："可不可以进来？"但是每次爸爸都隔着门对她喊道："绝对不行,因为我们没有穿好衣服。"

"那有什么了不起!难道我没有看见过你穿睡衣!"

"你不能看见你的兄弟们不穿裤子啊。"他对她喊叫,"他们俩都会去看你的。行吗?你去敲门吧!他们穿着这种便衣,连同你讲话都不成体统啊。"

"噢,你们真讨厌!那么,至少要快点到客厅来吧,米米急着要见你们。"柳博奇卡在门外大声说。

爸爸一走,我就连忙穿上大学生制服,到客厅里去;沃洛佳恰好相反,他不慌不忙地在楼上逗留了好久,和雅科夫谈什么地方有山鹬和水鹬。我已经讲过,他曾经说,他在世界上最怕的就是同弟弟、父亲或者姊妹表示温存,他避免流露出一点感情,而趋于另一个极端——冷漠无情,常常伤害了那些不晓得其中原因的人。在前厅里,我碰见爸爸迈着快速的碎步,正要上车。他穿上了他那套崭新的、时髦的莫斯科礼服,身上散发出香水味。看见我,他快活地点了点头,好像说:"你看,好极了吧?"我早晨就觉察出的他的眼睛里那种幸福的神情又使我惊异起来。

客厅还是那间明亮、高大的房间,摆着黄色的英国大钢琴,敞着大窗户,从窗口可以很愉快地看到花园里黄红色的小径。

和米米、柳博奇卡亲吻过以后,我走到卡坚卡跟前,我猛然想起,同她接吻已经不合礼法了,于是红着脸,默默地缩住脚步。卡坚卡毫不羞怯,伸出她的白皙的小手,祝贺我进了大学。沃洛佳走进客厅,遇到卡坚卡的时候,也发生了同样的情形。我们一块儿长大,那时候天天见面,而现在,在初次离别之后,真难决定见面时该怎样才好。卡坚卡的脸比我们俩还要红。沃洛佳一点也不窘,对她微微点点头,就走到柳博奇卡身边,同她也谈了几句,而且并不严肃,就独自出去散步了。

二十九

我们同姑娘们的关系

沃洛佳对姑娘们抱着一种非常奇特的看法,他能够关心她们吃饱没有,睡得好不好,打扮得体面不体面,法语是否讲错了(这些错误会使他在外人面前感到羞愧);但是他不承认她们能够思考,或者对任何人性的东西有所感受,更不承认可以同她们谈论什么问题。要是她们向他请教某个正经问题(不过,她们极力避免这样),要是她们问他对某本小说的看法,或者他对大学里的功课有什么意见,他就朝她们扮个鬼脸,一声不响地走开,或者故意用蹩脚的法语回答,说什么"КОМ СИ ТРИ ЖОЛИ"①,或者装出一副严肃的、呆头呆脑的神情,答非所问地说些毫无意义的话,眼里突然露出无神的表情,说些甜面包、兜风、卷心菜或者类似的话。要是我向他复述柳博奇卡或者卡坚卡对我讲的话,他总是说:"哼,你还同她们讨论哪?我看,你还是不怎么样!"

这时真得听听他的话,看看他的表情,才能充分领会他这句话里所包含的深刻的、一成不变的轻蔑意味。沃洛佳已经成人两年了,遇到任何漂亮女人都会钟情。不过,他虽然每天都和卡坚卡见面,她也已经穿了两年长衣裳,而且一天比一天妩

---

① 用俄语字母拼成的法语,正确的说法是"Comme c'est très joli"(多漂亮啊)!他故意讲错,来表示轻蔑。

媚动人，他却从来没有想到可能同她发生恋爱。这究竟是由于对童年平淡的琐事——如戒尺、洗澡巾、任性调皮——记忆犹新呢？还是由于年轻人对家里的一切都抱有反感呢？或者是由于人类的共同弱点，对最初遇到的美好事物不予重视，心想："唉，我一生中还会遇到很多这样的呢！"不论什么缘故吧，沃洛佳一直没有把卡坚卡当作女人看待。

沃洛佳那年夏天显然是百无聊赖；他感到寂寞是由于他看不起我们，正如我讲过的一样，他也并不设法掩饰这一点。他脸上那副始终不变的神情表示："呸，多无聊啊！没有一个谈得来的人！"他常常一清早或是一个人背着枪去打猎，或者待在自己房间里看书，一直到吃午饭的时候都不穿好衣服。爸爸不在家的时候，他索性把书拿到饭桌上来，一个劲儿地看，对我们谁也不理，使我们觉得好像我们得罪了他似的。晚上他也是躺在客厅的沙发上，枕着胳膊肘睡觉，或者一本正经地讲些可怕的、有时根本不成体统的废话，惹得米米非常恼怒，脸上一阵红一阵白，我们却笑得要死；但是除了跟爸爸，偶尔也跟我谈谈正经事以外，他跟我们家里别的任何人从来也不愿谈正经事。在对姑娘们的看法上，我完全不自觉地模仿我哥哥，虽然我不像他那样害怕温存，我对姑娘们的轻视也远远没有他那样根深蒂固。那个夏天，由于无聊，我有好几次尝试和柳博奇卡和卡坚卡接近一些，谈一谈，但是每次我都发现，她们是那么缺乏逻辑思维的能力，对于最简单、最平常的事，像金钱是什么，大学里读什么，战争是怎么回事等等，都那么无知，要是向她解释这些事情，她们又是那么冷漠，因此我的尝试不过是更加证实了我对她们所抱的不利的看法。

我记得，有天晚上，柳博奇卡在钢琴上第一百次重奏一段使人厌烦透顶的曲子，那时沃洛佳正躺在客厅的沙发上打盹，有时用恶意的讽刺口吻嘟囔几句，并不特别对哪个人说："她叮叮咚咚地弹起来啰！……女音乐家！……贝多芬！……（他用一种特别嘲讽的口吻说出这个名字）好啊！……再来一次！就是这样！"以及诸如此类的话。卡坚卡和我留在茶桌旁，不记得怎么的，卡坚卡把话题引到她心爱的问题——爱情——上。我有心要大发一番议论，开始高傲地给爱情下定义，说爱情就是想从别人身上获得自己所缺少的东西的愿望。但是卡坚卡回答我说，恰好相反，如果一个姑娘想嫁富翁，那就不是爱情，按照她的看法，财产是最无足轻重的东西，只有经得起别离的痛苦的才是真正的爱情（我明白，她这是暗示她对杜布科夫的爱情）。沃洛佳一定在听我们的谈话，突然用胳膊肘撑起身子，大声问道：

"卡坚卡！是俄罗斯人吗？"

"总是胡说八道！"卡坚卡说。

"放到胡椒瓶里吗？"沃洛佳接着说，着重每个母音。我不能不认为沃洛佳是十分正确的。

除了在个人身上或多或少发展的一般智力、感受性和艺术感而外，还有一种在不同的社会阶层，特别是在家庭里或多或少发展的，我称作理解力的特殊能力。这种能力的要点就是一定的分寸感和对事物有一定的片面的看法。同一个阶层或者一个家庭里具有这种能力的两个人，总是让感情表达到一定程度，如果超过这个程度，两人都会觉得没有意思。他们在同一个时候看出，什么时候结束称赞而开始讽刺，什么时候停止迷恋而开始做假。但是对于理解力不同的人们，这就可能大不相同。对于理解力相同的人们，每种事物的滑稽的、或者美好的、或者肮脏的一面，都是同样地显眼。为了使一个阶层或者一家人便于表达同样的理解力，他们创造了自己的语言，自己的说法，甚至能够表达别人所不能理解的微妙概念的词汇。在我们家里，在爸爸和我们弟兄之间，这种理解发展到最高程度。杜布科夫，不知怎的，同我们这个圈子也很合得来，很有理解力；德米特里虽然比他聪明得多，但是在这方面却很迟钝。不过我跟任何人也没有像跟和我在同一环境里长大的沃洛佳那样，把这种能力发展到那么微妙的地步。爸爸早就落在我们后边，好多在我们看来像二二得四那样清楚的事，他却不理解。譬如，天晓得怎么回事，沃洛佳和我规定了下面的具有相应概念的字眼：葡萄干，表示想炫耀自己有钱的虚荣心；松果（说的时候还得把手指撮在一起，特别强调松字），表示鲜艳、健康、优雅、但并不豪华的东西；复数名词，表示特别爱好那种东西，等等。不过，意思多半靠面部表情和谈话的总的意义来决定，因此，不论我们哪个发明了一个新词儿来表达一种新的微妙的差别，另一个只要根据暗示就会同样正确地领会。姑娘们没有我们的这种理解力，这是造成我们在精神上疏远和我们瞧不起她们的主要原因。

她们可能有她们自己的理解力，但是同我们的截然不同，因此，我们已经看出是空话连篇，她们却认为是真的情感；我们觉得是讽刺，她们却觉得是实话；诸如此类。不过，当时我并不理解，这一点并不是她们的过错，缺乏理解力并不妨碍她们成为既漂亮又聪明的姑娘；而我却看不起她们。另外，有一次我忽然想到"坦白"这个概念，为了趋于极端，我责备柳博奇卡那种文静的、轻信的性格是不露真情、装模作样,说她根本不认为有必要挖掘和检查自己的一切思想和内心的欲望。譬如,柳博奇卡每天夜里要为爸爸画十字,去祭祷妈妈时她和卡坚卡在教堂里流泪,卡坚卡在弹钢琴时叹气,把眼珠翻上去,我觉得这一切都太装腔作势,纳闷她们什么时候学得像大人那样矫揉造作,她们这样做怎么不觉得难为情?

三十

我的工作

尽管如此，因为我对音乐产生了热情，这年夏天我同家里的小姐们比往年更接近了。春天，邻家一个年轻人到乡下来拜望我们，他一进客厅，就盯着那架钢琴，而且一边同米米和卡坚卡谈话，一边就不知不觉地把椅子朝钢琴移过去。谈了谈天气和田园生活的乐趣以后，他就很巧妙地把话题转到律师、音乐、钢琴上面，最后说他会弹钢琴；他很快地弹了三支圆舞曲，这时柳博奇卡、米米和卡坚卡都站在钢琴旁边望着他。从此以后，那个年轻人再也没有到我们家来过，但是我非常喜爱他的演奏，他坐在钢琴前面的姿势，往后甩头发的姿态，特别是用左手弹八度音的姿势，他把小手指和大拇指迅速地伸展在八个音阶的宽度上，然后慢慢收拢，再飞快地伸开。这种优美的动作、潇洒的神态、往后甩头发的姿势，以及我们家女士们对他的才能的注目，都使我产生了要弹钢琴的念头。由于这种想法，并且深信我对音乐有才能，有热情，于是我就开始学起来。在这方面，我的行动就像千百万学音乐的男人，特别像女人一样，没有好的教师，没有真正的才能，丝毫不理解艺术的作用，也不知道为了使艺术发生效用，应当如何去从事它。在我看来，音乐（毋宁说弹钢琴）是拿自己的感情迷惑姑娘的手段。靠着卡坚卡的帮助，我学会了音符，我的粗手指练得有点灵活了，在这上面我孜孜不倦地下了两个月工夫，连吃饭睡觉时还在膝头和枕头上练习我那不听话的无名指。我立刻动手弹起乐曲来，自然是一心一意地、avec ame①弹，这一点卡坚卡也承认，不过弹得一点没有节拍。

我挑选的乐曲都是一些可爱的作曲家的著名作品，有圆舞曲、加洛普舞曲、浪漫曲（arrangés②）等等。这些作品，凡是稍有健全欣赏力的人，都会从乐谱店的一大堆美妙作品中给您选出一小堆来，说："这都是不该弹的，因为从来没有写出过比这更糟糕，更庸俗，更无意义的乐谱了。"想必正是为了这个缘故，您在每个俄国小姐的钢琴上都会找到它们。不错，我们有那不幸的、总是被小姐们弹得支离破碎的《Sonate Pathétique》③，有贝多芬的升 C 小调奏鸣曲，柳博奇卡常弹它们来纪念妈妈，还有柳博奇卡从莫斯科音乐教师那里学来的其他一些好的乐曲，但是也有那位教师自己创作的曲子，最荒谬的进行曲和加洛普舞曲，柳博奇卡也弹它们。我和卡坚卡不喜欢严肃的作品，倒爱好所有的《Le Fou》④和《夜莺曲》之类，

---

① 法语：全神贯注地。
② 法语：改写曲。
③ 法语：《悲怆奏鸣曲》。
④ 法语：《狂人曲》。

这些曲子卡坚卡弹得飞快，几乎让人分不出她的指头，我也开始弹得相当响亮和流利了。我学会了那个年轻人的手法，时常惋惜没有一个外人来看我演奏。但是不久以后就发现，李斯特和加尔克不伦诺①的作品我弹不了，我明白自己不可能赶上卡坚卡。因此，我想象古典音乐可能容易一些，一部分也是为了标新立异，我突然认定我喜欢德国古典音乐；柳博奇卡弹《Sonate Pathétique》的时候，我就高兴起来（其实，我对这支奏鸣曲早已深恶痛绝），因此我开始弹起贝多芬来，而且按照德国人的发音读贝多芬的名字。但是，就我现在回忆得起的，通过这些胡乱弹奏和装模作样，我身上真正有了一种类似才能的东西，因为音乐常常强烈地感动了我，使我落泪；我喜欢的那些作品，不看乐谱就能随手在钢琴上弹出来；因此，如果当时有人指导我把音乐看作目的，把它当作一种单纯的享受，而不是以弹奏的流畅和热情作为迷惑姑娘们的手段，我也许真会成为一个相当不错的音乐家。

看沃洛佳随身带来的大量的法国小说，是那个夏天我的另一项工作。当时"基度山式"②和各种《神秘》刚刚出现，我

---

① 德国作曲家，肖邦的老师。
② 指法国作家大仲马的名著《基度山伯爵》。

沉醉在欧仁·苏①、仲马②、保罗·得·考克③的小说里。所有那些离奇古怪的人物和事件，在我看来就像真事一样生动。我不但不敢怀疑作家在撒谎，而且我觉得作者本人并不存在，是活生生的真人真事从印好的书本上自动地出现在我眼前。如果说我从来没有遇见过我在书本上看到的那些人，那么我从来也不怀疑他们会出现的。

我发现自己身上有着书里所描写的一切热情以及同每本小说中的所有人物——英雄和恶棍——相似之处，就像一个多疑的人看医学书，在自己身上发现可能有的一切疾病症状。我喜爱这些小说中的巧妙思想、热烈感情、神奇事件和单纯性格——要是好人，那就十全十美；要是坏人，那就无恶不作，就像我青年时代初期对人们的看法一样。我非常、非常高兴这一切都是用法语写的，而且高兴我能够记住高尚的英雄所讲的高尚的话，万一我完成什么丰功伟绩，就可以利用它一番。假如有一天我再遇见科尔皮科夫，我可以借着这些小说想出多少句法国坏话来骂他，假如我终于遇到她，我会想出多少句美妙的法语

---

① 欧仁·苏（1804—1857），法国小说家，著有《巴黎的秘密》等。
② 指大仲马（1803—1870），著有《三个火枪手》和《基度山伯爵》等。
③ 考克（1794—1871），法国作家，作品内容空洞、庸俗。

向她吐露爱情呀！我会给他们准备那样一些话，他们听了都会气死。根据这些小说，我甚至对自己希望获得的道德品质都有了新的标准。首先，我希望在样样事情上，在一举一动中都很noble①（我说"noble"，而不说"благородный"②，因为这个法文字眼具有另外的含义，正如德国人用"noble"这个字眼，而不把"noble"这个字眼同"ehrlich"③这个概念混淆起来一样）。其次，是要热情；最后，是要尽量 comme il faut④，我以前就有这种倾向。我甚至在仪表和习惯上都极力模仿具有这些品质的英雄人物。我记得，那个夏天我看过几百种小说，其中一本小说里有一个浓眉的、非常热情的英雄，我多么希望在外表上像他（精神上我觉得我同他丝毫不差），照镜子看眉毛时，我决定剃掉一点，好让它们长得更浓；但是有一次我动手剃的时候，有个地方竟剃多了，必须重新把它剃匀，结果一照镜子，使我大为惊慌，因为我看见自己没有眉毛了，非常难看。然而，希望不久就会像那个热情的人一样长出两道浓眉，我又可以自慰了，只是担心家里人看见我没有眉毛的时候，我对他们怎样

---

① 法语：高尚。
② 俄语：高尚。
③ 德语：尊贵。
④ 法语：体面。

讲法。我弄了沃洛佳的一点火药,描了描眉,而且烧焦了。虽然火药没有爆炸,我却非常像一个烧焦的人。不过没有人发现我这种把戏,到我已经忘了那个热情的人的时候,我的眉毛真长得浓多了。

三十一

COMME IL FAUT

在这本书所写的这段时间里,我已经几次提到和这个法语标题相应的概念。现在我觉得有必要专章来阐明这个概念,因为在我的一生中,这是教育和社会灌输给我的一种最有害、最虚伪的概念。

人可以划分为好多类——穷的富的,善的恶的,文的武的,聪明的愚笨的等等;但是,每个人都一定有他自己所喜爱的主要分类,他不知不觉地把每个生人列在这一类里。在我描写的这个时期,我所喜爱的主要分类法就是把人分成 comme il faut 和 comme il ne faut pas①这样两种。第二种人又分成生来就不 comme il faut 和普通人两类。我尊敬 comme il faut 的人,认为他们有资格和我发生平等的关系;而对于第二种人,我就装出轻视的神情,实际上是憎恶他们,对他们个人抱着一种侮辱的情绪;第三类人对我来说并不存在,我根本看不起他们。我所谓的 comme il faut,第一个主要条件是讲一口流利的法语,特别是发音准确。一个法语发音不准确的人,马上就在我心里唤起憎恶的情绪。"你既然不行,又何必想和我们讲得一样呢?"我怀着恶毒的讥讽在心里问道。comme il faut 的第二个条件是

---

① 法语:*体面和不体面。*

要留着长长的、刷得干干净净的指甲。第三个条件是要知道怎样行礼、跳舞和应酬。第四个条件十分重要，就是对一切都漠不关心，经常露出一种优雅而傲慢的厌倦神情。除此以外，我还看得出一些普遍的特征，根据这些特征，不必交谈，我就判断得出他是属于哪一类。在这些特征中，除了布置房间、手套、字迹、马车以外，主要的是脚。我一看到靴子和裤子的关系，马上就能确定一个人的地位。不带后跟的方头靴子，窄裤脚上不系套带——这是个普通人。靴头又窄又圆，带后跟，裤脚很小，系着套带，裤腿紧裹着大腿，或者裤脚肥大，系着套带，像华盖一样罩在靴头上——这是一个mauvais genre①的人，诸如此类。

奇怪的是，我肯定不能成为comme il faut的人，却对这个概念感到极大兴趣。也许正因为我要花费很大力气才能做到这种comme il faut，它才牢牢地扎根在我心里。为了获得这种品质，我浪费了多少宝贵的、十六岁的美好光阴，回想起来都很可怕。我所模仿的一切人——沃洛佳、杜布科夫和我的大多数朋友，他们似乎都轻而易举地获得了这种品质。我怀着嫉妒的心情注视着他们，悄悄地学法语，学习行礼时不望着对方，学习

---

① 法语：趣味低下。

应酬和跳舞,学习在心中培养一种不关心一切和厌倦一切的神情,学习修指甲,为了修指甲,我用剪子把手指上的肉都剪掉了,就是这样我还觉得,要达到目的,还要下很大的苦功。房间,写字台,四轮马车,这一切我怎么也不能布置得那么 comme il faut,尽管我不喜欢实际事务,我还是尽量去做。在别人似乎不费吹灰之力就把一切搞得尽美尽善,好像不可能是另外的样子。我记得,有一次我修指甲费了那么大力气,仍然徒劳无益,我就问指甲好得出奇的杜布科夫,他的指甲是不是早就这样,他怎样做到这样的?杜布科夫回答说:"从我记事起,我从来没有做过任何努力使它们这样,我不懂一个体面人怎么会有别样的指甲。"这个回答使我伤心透了。当时我还不知道,comme il faut 的主要条件之一是要隐瞒在达到 comme il faut 上所花的力气。对于我来说,comme il faut 不但是很重要的美德,良好的品质,是我想达到的完善的境界,而且是一种必要的生活条件,少了它,世界上就没有幸福,没有荣誉,没有任何美好的东西。著名的艺术家也罢,学者也罢,或者人类的救世主也罢,如果他不 comme il faut,我就不尊敬他。一个 comme il faut 的人比他们高一筹,不能同他们相提并论;他让他们去画画,作曲,著书立说,行善;他甚至因此而称赞他们,不论谁有优点,为什么不加以称赞呢？但是，他不能同他们站在一个水平上，他是 comme il faut，而他们不是——这就够了。我甚至觉得，假如我的兄弟、母亲或者父亲不 comme il faut，我就要说这是一桩不幸的事，我和他们之间就不可能有任何共同之处。这种观念给我带来的最大害处，既不是为了经常关心去遵循对我很困难的 comme il faut 条件妨碍我做任何正事而浪费了黄金般的光阴，也不是对十分之九的人类的憎恶和轻视，更不是对 comme il faut 圈子以外的美德注意不够。最大的害处在于，我相信 comme il faut 在社会上占有独立地位，一个人如果是 comme il faut，就不必努力去做官，去当车匠，去当兵，或者去做学者；他如果达到这种地位，就算完成了自己的使命，甚至比大部分人都崇高。

在青年时期的某一阶段，犯过许多错误，迷恋过许多事物以后，每个人通常都理解到必须积极参加社会生活，选择一个劳动部门为它献身；但是一个 comme il faut 的人却很少这样做。我过去认识，现在还认识许许多多年老的、高傲的、自以为是的、判断力很强的人，如果在阴间向他们提出这样一个问题："你是干什么的？你在阳世做了些什么？"他们只能这样回答："Je fus un homme très comme il faut." ①

这种命运等待着我。

---

① 法语：我过去是一个非常体面的人。

三十二

青年时代

尽管那年夏天我脑子里的概念像一团乱麻，但是我却是年轻，天真，逍遥自在，因而差不多是很幸福的。

我有时，而且常常很早就起床（我睡在外边的凉台上，朝阳的斜晖唤醒我）。我连忙穿好衣服，夹着一条毛巾和一本法文小说，到离家半俄里的小桦树林阴里的河里去洗澡，然后就躺在树阴下的青草上看书，有时把眼光从书上移开，望一望在树阴下泛出紫罗兰色、被晨风吹皱的水面，望一望对岸发黄的麦田，望一望鲜红的晨曦越来越低地渲染着白桦树干，白桦一株后面还有一株，从我身边一直伸展到密林深处。我意识到内心也充满大自然在我周围散发出的那种新鲜的、青春的生命力，感到无穷的乐趣。当天空布满清晨的阴云，洗过澡我觉得冷的时候，我常常不择道路，穿林越野去漫游，舒服地让新鲜露珠透过靴子弄湿我的脚。这种时候，我历历在目地梦想着我刚看过的小说中的主人公们，一会儿想象自己是个统帅，一会儿想象自己是个大臣，一会儿想象自己是个非凡的大力士，一会儿又想象自己是个热情的人，我怀着某种战栗的心情不住地环顾四周，希望在林中空地或者树后什么地方突然遇到她。当我这样游荡，碰见在劳动的农民和农妇时，尽管我不把普通人放在眼里，但是我总是情不自禁地感到十分窘迫，极力躲开他们。

当天气热了，我们家的女士们还没有下来吃茶的时候，我时常到菜园或者果园里去吃各种成熟了的瓜果蔬菜。这桩事也是我主要的乐趣之一。我常常走进苹果园，到高大茂密的马林浆果丛的深处。头顶上是明朗、炎热的天空，周围是同杂草交织成一片的马林浆果丛的淡绿刺叶。顶上开着小花的绿色荨麻，笔直向上伸展着；宽叶的牛蒡长着带刺的不自然的淡紫色花朵，长得比浆果丛还高，比我的头还高；有些地方的牛蒡同荨麻长在一起，甚至一直伸展到老苹果树淡绿色垂枝的地方，那些垂枝上一个个像果核般光泽的、圆圆的、还发青的苹果，朝着烈日，快要成熟。下面有一丛几乎枯干的、没有叶子的浆果，弯弯地朝着太阳；针状的绿草和嫩牛蒡，从去年的叶子下边钻出来，它们沾满露珠，在永不见天日的背阴里，呈现出水灵灵的绿色，仿佛并不知道强烈的阳光正在苹果树叶上照耀着似的。

这个密林里总是潮湿的，发出浓烈的、经常处在阴暗中的潮湿味，蜘蛛网的气味，落在腐烂落叶堆上、已经发黑的烂苹果和浆果的气味，有时还有树虫味，这种树虫你会无意中同浆果一起吞下去，然后连忙再吃一颗浆果来解那种味道。再往前走，就会惊起永远栖息在这里的麻雀，可以听见它们急促的喊喳声和它们飞快地掀动着的小翅膀拍击树枝的声音；在某个地方可以听到一只大蜜蜂的嗡嗡声,而在小路上某个地方,你又可以听到园丁,傻子阿基姆的脚步声以及他永远没完没了的嘟囔声。你会暗自思索:"不,不论是他,不论是世界上任何人,在这儿都找不到我……"你的两只手会左右开弓,从圆锥形的白色小茎上摘下汁液饱满的浆果,快活地一颗接着一颗吞下去。你的腿会湿到膝盖以上,脑子里充满可怕的思想(你心里接连念叨了一千次:二十个一把,七个一把),手和湿透了的裤子里的大腿都被荨麻螫疼;阳光直透进密林,开始热烘烘地晒着脑袋,我早就不想吃东西了,但是仍然坐在密林里,东看看,西听听,思索些什么,机械地采摘和吞咽最好的浆果。

我通常在十点多钟,多半在吃过早茶之后,走进客厅,这时女士们已经坐下来各做各的事。在最近的窗口,遮阳的粗布窗帘已经放了下来,强烈的阳光透过窗帘的网眼,不论遇到什么东西都印上那么明亮的火热的斑点,使你看了眼睛都发痛;窗前摆着刺绣架,苍蝇在洁白的布面上悄悄地乱爬。米米坐在刺绣架前面,不住生气地摇着头,为了避开阳光不断挪动地方,而阳光却突然乘虚而入,把炽热的光线在她的脸上或手上到处乱射。另外三扇窗户的窗框用它的阴影圈出三个完整而明亮的四方形;在不上油漆的客厅地板上的一个四方形里,米尔卡照老习惯卧着,竖起耳朵,注视着在明亮的四方形里乱爬的苍蝇。卡坚卡坐在沙发上,不是织毛线,就是看书,用她那在强烈的光线中仿佛是透明的白皙的手不耐烦地挥着苍蝇,或者皱起眉头,摇着小脑袋,来驱逐一只钻进她的浓密金发而在那里嗡嗡乱叫的苍蝇。柳博奇卡不是倒背着手在房间里踱来踱去,等待到果园里去,就是在钢琴上弹一些我早就熟悉每个音符的乐曲。我坐在一个地方,听听这种音乐或者朗诵,等着轮到我自己可以去弹钢琴。午饭后,有时我迁就姑娘们,陪她们去骑马(我认为步行出游同我的年龄与社会地位不相称)。我们骑着马游逛,我陪姑娘们到她们没有去过的地方和谿谷,常常十分愉快。我们有时也遇到惊险的场面,那时我表现得像个英雄好汉,于是女士们就称赞我的骑术和勇敢,认为我是她们的保护人。傍晚,如果没有客人,在阴凉的凉台上吃过茶,同爸爸到农场上散过步以后,我就躺在我的老地方——那张高背安乐椅里,一边听卡坚卡或者柳博奇卡弹琴,一边看书,同时做旧日的美梦。有时候,我一个人留在客厅里,在柳博奇卡弹着什么老调子的时候,我不知不觉地放下书本,从凉台敞着的门望出去,望着夜影已经开始笼罩着的高大白桦树的茂盛的垂枝,望着晴朗的天空,当你聚精会神观看的时候,天空中突然出现灰尘一般小小的黄点，然后又消失了；当我倾听着大厅里传来的琴声、大门的咯吱声、农妇的说话声和回村的牛群声的时候，我突然栩栩如生地回想起娜塔利娅·萨维什娜、maman 和卡尔·伊万内奇，一时间我伤心起来。但是那时我的心灵里充满了那么多的生命力和希望，这些回忆只用翅膀触了触我，就飞走了。

晚饭后，有时是在同什么人到果园里去夜间散步——我害怕一个人走漆黑的林阴路——之后，我就独自去睡在凉台的地板上，尽管夜里有无数蚊子叮我，我却感到极大的乐趣。月圆的时候，我时常整夜坐在草垫上，环顾着光与影，谛听着周围的动静，梦想着各式各样的事情（主要是想我当时认为是人生最大幸福的风流韵事），并且由于这时我还只能想象而不能亲身体验这些幸福而伤心。有时，大家刚一走散，灯光从客厅里移到楼上的房间，从那里开始传来妇女的说话声和开关窗户的声音，我就走到凉台上，踱来踱去，急切地倾听入睡的房子里的一切动静。我所盼望的幸福，哪怕还有一点点可以实现一部分的毫无根据的希望，我就不能冷静地为自己构思一种想象的幸福。

一听见光脚走路声，咳嗽声，叹息声，推窗声，衣服的窸窣声，我就从床垫上跳起来，像小偷似的听一听，看一看，毫无理由地激动起来。但是，楼上窗户的灯光终于消失了，脚步声和谈话声被鼾声代替了，更夫开始打更，窗户里射出的红光刚一消逝，果园里就变得更幽暗，也更明亮了。最后的一道灯光从饭厅里移到前厅，把光线投射到浸着露珠的果园里，穿过窗口，我看见福卡的驼背的身影，他穿着短袄，手里拿着蜡烛，上床去睡觉。我常常在房屋的黑影中偷偷走过湿漉漉的草地，走到前厅窗口，屏息凝神地倾听男仆的鼾声、福卡的呻吟（他以为没有人会听见）和他不住念祈祷文的衰老声音，觉得这是使我激动的莫大的乐事。他的最后一线灯光也终于熄灭了，窗户砰的一声关上，撇下我孤零零一个人，胆怯地东张西望，看看在花坛旁边或者我的床边是否有白衣女人，就快步跑到凉台上。随后我就躺在床垫上，脸朝着果园，尽量盖好，免得被蚊子和蝙蝠叮咬；我向果园里观看，倾听着夜里的声响，梦想着爱情和幸福。

那时，我觉得一切都具有不同的意义。比如老白桦树，一面在月光中闪耀着枝繁叶茂的树枝，一面却用自己的黑影遮住灌木和道路；池塘静穆而华丽的光辉，像声音一样有节奏地增长着；凉台前花朵上的露珠映出月光；花朵也把优雅的影子投射到灰色的花床上；池塘那边一只鹌鹑的啼声，大路上的人声，两棵老白桦树的轻微的、隐隐听得出的互相摩擦声,在被窝里我耳边的一只蚊子的嗡嗡声;挂住枝桠的苹果落在枯叶上的声音;青蛙的跳跃声,它们有时跑到凉台的阶前,绿油油的背脊在月光下闪着神秘的光彩,这一切在我看来都具有奇怪的意义:它们把世界装点得太美了,而我追求的幸福却还未能如愿以偿。这时,仿佛她来临了,梳着黑油油的长辫子,丰满的胸脯,永远那么忧愁而美丽,裸露着的胳膊,令人心荡的拥抱。她爱我,为了得到她刹那的爱情,我牺牲了整个的生命。但是,月亮悬在天空,它越来越高,越来越皎洁,像声音一样有节奏地增长着的池塘的华丽光辉,也变得越来越晶莹,阴影越来越黑,光彩越来越亮,当凝视和谛听这一切的时候,仿佛有什么东西对我说,她裸露着胳膊,会热情拥抱,却远远不是整个的幸福,爱她也远远不是唯一的美德;我越观看那一轮高悬的明月,就越觉得真正的美和善越来越高,越来越纯洁,越来越接近他[①],接近一切美和善的源泉;一种未曾得到满足的、但是令人激动的快乐的眼泪涌到我的眼里。

我仍然是孤独的,我仍然觉得,神秘而伟大的自然,这不

---

① 指上帝。

知为何高悬在蔚蓝天空的某个地方、同时又无所不在、好像要填满无穷空间的、吸引人的亮晶晶的圆月；还有我，一个已经被各种各样卑鄙的、可怜的人类情欲所污损，但是有着无穷的、莫大的想象力和爱情的微不足道的蛆虫——在这种时刻，我觉得大自然、月亮和我，这三者仿佛融为一体了。

三十三

邻居

我们到家的头一天，爸爸把我们的邻居叶皮凡诺夫一家称作好人，使我听了大为惊讶，而他去拜望他们，就更使我惊异了。我们和叶皮凡诺夫家为了一块地产打了很久官司。我小的时候，屡次听见爸爸为这场官司生气，骂叶皮凡诺夫家，请来各式各样的人，按我的理解，是为了保护自己，对付他们；我听见雅科夫管他们叫我们的敌人和普通老百姓，我还记得妈妈要求在她的家里和当着她的面甚至不要提那些人。

由于这些事实，我从小就形成了那么坚定而明确的概念，认为叶皮凡诺夫一家是我们的敌人，他们不但准备刺死或者勒死爸爸，甚至包括他的儿子，如果他落到他们手里；他们是名副其实的普通老百姓；在我母亲逝世那年我看见阿夫多季娅·瓦西里耶夫娜·叶皮凡诺娃——la belle Flamande——来侍候她的时候，我简直不能相信她出身普通老百姓的家庭，我一直把这家人看作寒微的人。虽然这一年夏天我们常同他们会面，我对他们全家却依旧抱着异样的成见。事实上，叶皮凡诺夫家就是这些人：一个五十来岁的寡妇，还容光焕发，非常快活，一个漂亮的女儿，阿夫多季娅·瓦西里耶夫娜，和一个结巴儿子，退伍的未婚的中尉，性格非常古板的彼得·瓦西里耶维奇·叶皮凡诺夫。

安娜·德米特里耶夫娜·叶皮凡诺娃在丈夫死去以前就同他分居了二十来年，有时她住在彼得堡，那儿她有亲戚，但是多半住在距离我们三俄里的、她自己的梅季希田庄上。她的生活方式被四邻讲得那么骇人听闻，以致梅萨琳娜①同她相形之下还算是个天真无邪的孩子哩。因此，妈妈要求，在我们家里连叶皮凡诺娃的名字都不许提；但是毫不带讥讽地说，形形色色的最恶毒的流言蜚语——乡间邻里间的谣言——连十分之一都不能相信。我头一次遇见安娜·德米特里耶夫娜的时候，虽然她家里有个农奴出身的管事米秋沙，他穿着一身契尔克斯②式的服装，头发卷曲，总是搽着发油，吃饭时侍立在安娜·德米特里耶夫娜的椅子后面，她常常当着他的面用法语请客人们欣赏他的漂亮眼睛和嘴巴，但是根本没有传闻中那一类事情。据说十年以前，也就是安娜·德米特里耶夫娜写信要她那孝顺儿子彼得退伍回家的时候，她的确完全改变了自己的生活方式。安娜·德米特里耶夫娜的地产并不多，总共只有一百多个农奴，但是她在过快活生活的期间花销很大，因此十年前她抵押的和再抵押的田产都过期了，不得不拍卖掉。在这种极端穷困之中，

---

① 罗马时代的皇妃，以残忍、淫荡著名。
② 居住在高加索北部的少数民族。

安娜·德米特里耶夫娜认为监护呀，查封家产呀，审判官来临呀，以及诸如此类不愉快的事件，与其说是因为她付不出利息，不如说由于她是女人，因此她给军队里的儿子写信，要他回来把母亲从窘境中拯救出来。虽然彼得·叶皮凡诺夫在军队里一帆风顺，不久就可以独立自主，但是他放弃一切退了伍，像个孝顺儿子一样，认为安慰老母是他的首要义务（他在信里也十分诚恳地讲到了这一点），回到村里来了。

尽管彼得·叶皮凡诺夫其貌不扬，笨手笨脚，说话结巴，但他却是个严守规矩、头脑非常实际的人。靠着小笔小笔的贷款、各种周转、请求和诺言，他总算保住了田产。成了地主以后，彼得·叶皮凡诺夫就穿上他父亲存在贮藏室里的皮袄，打发掉马和马车，不请客人来梅季希，他开沟挖渠，开拓耕地，减少农奴的土地，用自己的农奴伐木，很划算地卖掉小树林，整顿好家务。彼得·叶皮凡诺夫发过誓，而且也履行了自己的誓言——除非把债务全部偿清，否则他除了父亲的皮袄和他给自己做的那身帆布衣服以外，他不穿别的衣服；除了坐乡下大车，骑农民的马之外，他什么车都不坐。他卑躬屈节地尊敬他的母亲，认为这是他的天职，在这种尊敬的容许下，他极力把这种禁欲主义的生活方式推广到全家。在客厅里，他结结巴巴地对母亲曲意奉承，满足她的一切愿望，如果仆人们不按照安娜·德米特里耶夫娜吩咐的去办，他就责骂他们；但是在自己的书房里，在办公室里，如果仆人没有他的命令把一只鸭子端上饭桌，或者按照安娜·德米特里耶夫娜的吩咐派了个农奴去探问一个邻居的病情，或者把农奴的女儿派到树林里去拾浆果，而不是派到菜园里去锄草，他都要严加惩处。

过了四年光景，债务就全部还清，彼得·叶皮凡诺夫到莫斯科去了一趟，回来时穿着新衣服，坐着四轮马车。尽管他的家业欣欣向荣，但是他仍然保持着禁欲主义的脾气，而且在家里人和外人面前仿佛很忧郁地以此自豪；他时常结结巴巴地说："真想见我的人，就是看见我穿着破皮袄也会高兴的。他会吃我的菜汤和大麦粥。我自己也吃呀！"他补充一句说。他的一言一语，一举一动，都流露出骄傲的神情，这种骄傲的来源，就是他感到自己为母亲作出了牺牲，赎回了产业，同时又流露出看不起别人的神气，因为他们没有做出任何类似的事情。

母亲和女儿的性格完全不像这样，而且在许多方面又各不相同。母亲是一个最惹人喜爱的女人，在社交界总是非常和蔼、快活。一切美好和愉快的事物都使她真心喜悦。只有最善良的老年人才有的特征——看见风流少年就心花怒放的本能——

在她身上甚至发展到了极点。她的女儿阿夫多季娅·瓦西里耶夫娜刚好相反，性格严肃，毋宁说是具有一种特殊冷漠的、高傲得毫无道理的脾气，这是未婚的美人儿常有的。当她想欢乐的时候，她的欢乐表现得有些奇怪，不知她是在嘲笑自己，是在嘲笑谈话的对方，还是在嘲笑全世界，而这大概都不是她的本意。我时常感到惊奇，心里纳闷，当她说"是的，我美极了；当然人人都会爱上我"诸如此类的话时，究竟是想说明什么？安娜·德米特里耶夫娜总不闲着；她爱布置她的小屋和小花园，爱花，爱金丝雀和漂亮的小玩意儿。她的房间和花园并不大，也不豪华，但是一切都收拾得那么整齐，那么干净，一切都带着美妙的华尔兹舞和波尔卡舞所表现出的那种普遍的轻松愉快的性质，客人们常用小玩意儿这个词儿来夸奖，这对安娜·德米特里耶夫娜的房间和小花园特别恰当。而且安娜·德米特里耶夫娜本人就是个小玩意儿——娇小纤瘦，面色鲜艳，一双漂亮的小手，总是高高兴兴，穿着永远很合适。只是她的小手上显得有些凸出的青筋破坏了这总的印象。阿夫多季娅·瓦西里耶夫娜恰恰相反，几乎从来什么事情也不做，不但不喜欢摆弄小玩意儿或者养花，连对自己都太不注意，每次客人来时都要现跑去换衣服。但是她打扮好回到房间来的时候，她简直漂亮极了,除了她眼睛里和微笑中的冷漠而呆板的表情——这是绝色美人儿的通病。她那极其端正的、妩媚动人的面孔和她的窈窕身姿,永远好像在对您说:"您愿意看我,就请看吧!"

尽管母亲性格活泼,女儿的外表冷若冰霜,但是您却感到,母亲除了漂亮和令人欢快的东西而外,不论过去和现在,都一无所爱,而阿夫多季娅·瓦西里耶夫娜却具有那种性格,她一旦钟情,就不惜为她所爱的人牺牲整个生命。

三十四

父亲的婚事

父亲第二次结婚,娶阿夫多季娅·瓦西里耶夫娜·叶皮凡诺娃时,已经四十八岁了。

爸爸春天独自带着姑娘们下乡以后,据我想象,心情一定特别兴奋和喜欢与人交往,赌徒们赢了大笔钱,洗手不干时往往会有这样的心情。他感到自己还有大量未耗尽的幸福,如果他不想再把它用在赌博上,他可以把它运用到人生的成就上。况且时当春季,他手里的钱多得出乎意外,他又是只身一人,寂寞得很。当他同雅科夫谈事务而回想起同叶皮凡诺夫家那场没有了结的官司,回想起他好久没见的美人儿阿夫多季娅·瓦西里耶夫娜时,我想象他一定对雅科夫说:"你看,雅科夫·哈尔兰佩奇,我们与其为了这场官司捣麻烦,不如干脆把那块该死的土地让给他们,好不好?你看怎么样?……"

我想象,雅科夫听到这么一个问题,一定在背后乱动手指表示反对,并且证明说:"官司还是我们有理,彼得·亚历山德雷奇。"

但是爸爸吩咐套车,穿上时髦的橄榄绿色皮袄,梳了梳剩下的头发,手帕上洒了点香水,满心高兴地——这种心情的产生是由于他相信自己的举止像绅士,主要是希望遇到一个美人儿——去拜访他的邻居。

我只知道，爸爸第一次去拜访时没有遇到彼得·瓦西里耶维奇，因为彼得下地了，他独自和女士们消磨了两个来钟头。我可以想象，他如何满口恭维话，怎样使她们感到飘飘然，柔软的靴子轻轻地叩击着地板，低声细语，眉目传情。我也想象得出，那位快活的老妇人如何突然间深情地爱上他，她那位冷若冰霜的女儿怎样容光焕发。

当一个使女跑得喘吁吁地通知彼得·瓦西里耶维奇，说老伊尔捷尼耶夫本人光临的时候，我想象得出，他会怒冲冲地回答："哼，他来了又怎么样呢？"因此，他尽可能慢腾腾地走回家去，也许还先回到书房，故意穿上最脏的外套，派人告诉厨师说，如果女主人盼咐添什么菜，无论如何不准照办。

后来我时常看见爸爸和叶皮凡诺夫在一起，因此可以生动地想象出第一次见面的情景。我想象，虽然爸爸提议把那场官司和解地了结，彼得·瓦西里耶维奇还是抑郁寡欢，十分生气，因为他为母亲牺牲了前程，而爸爸却没有做过这类事；我想象，彼得丝毫也没有感到惊异；我想象，爸爸好像并没有注意到他的郁闷，态度调皮、快活，把他当作一个极妙的小丑，因此彼得·瓦西里耶维奇有时生气，有时又不得不违反自己的意愿容忍。爸爸以他那玩世不恭的癖性，不知为什么把彼得·瓦西里耶维奇称作"上校",虽然有一次叶皮凡诺夫当着我的面,比往常结巴得更厉害,气得满脸通红地指出,他不是上——上——上——上校,而是上——上——上——上尉,可是五分钟以后,爸爸又管他叫上校了。

柳博奇卡对我说,我们没有下乡以前,他们天天和叶皮凡诺夫一家见面,过得快活极了。爸爸以他那种善于把一切安排得似乎别出心裁,妙趣横生,同时又简单优美的本领,一会儿想出来去打猎,一会儿去钓鱼,一会儿放焰火,叶皮凡诺夫家的人每次都到场。据柳博奇卡说,要不是那个讨厌的彼得·瓦西里耶维奇,就更快活了,因为他绷着脸,说话结巴,使人扫兴。

我们回来以后,叶皮凡诺夫家的人只到我们家来过两次,我们全家到他们家去过一次。圣彼得节①,爸爸的命名日,他们和一大群宾客来了,但这以后,不知为什么,我们同叶皮凡诺夫家完全断绝了往来,只有爸爸一个人仍然去看望他们。

在我看见爸爸和杜涅奇卡②——她妈妈这样叫她——在一起的短短时间里,我发现了下面的情景。爸爸总是那么兴致勃勃,我们刚回家的那天,他的这种心情使我很吃惊。他欢畅、

---

① 俄历六月二十九日。
② 杜涅奇卡是阿夫多季娅的小名。

年轻、充满活力和幸福感,他这种幸福的光辉散播到周围所有人身上,使他们不由得也感染上同样的心情。阿夫多季娅·瓦西里耶夫娜在房间里的时候,他寸步也不离开她,不住地对她讲些甜言蜜语,使我都替他难为情;或者默默地凝视着她,热情地、扬扬得意地耸着肩膀,咳嗽一声,有时微微一笑,甚至低声对她说几句什么;但是,他在做这一切事情的时候,仍然带着玩笑的神情;他就连处理最严肃的事情也采取这种态度。

阿夫多季娅·瓦西里耶夫娜仿佛学到了爸爸那种幸福的表情,当时,这种表情几乎经常在她那大大的蓝眼睛里闪烁,除了她突然感到羞涩的时候。我理解这种感情,看着她感到既可怜又痛苦。在这种时刻,她害怕每个眼色和动作,以为大家都在望着她,都只考虑她,觉得她的一切都不得体。她惊慌不安地环顾所有的人,脸上红一阵白一阵,于是她开始高声而大胆地讲话,说的多半都是毫无意义的话,她感觉到这一点,觉得爸爸和大家都在听她讲,于是脸红得更厉害了。但是在这种场合,爸爸竟没有注意到她说的毫无意义的话,他还是那样热情地咳嗽着,怀着欢喜若狂的神情看着她。我注意到,虽然阿夫多季娅·瓦西里耶夫娜的羞涩往往是平白无故出现的,但是有时是紧随着别人当着爸爸的面提到某位年轻美貌的女人而来的。她这种经常从沉思转变到古怪而难为情的欢欣神情(像我已经说过的),重复爸爸说的词儿和短语,她同别人继续谈和爸爸谈开了头的话题——如果当事人不是我父亲,或者我年龄再大一些,这一切就可以向我说明爸爸同阿夫多季娅·瓦西里耶夫娜的关系,但是,甚至在爸爸当着我的面收到彼得·瓦西里耶维奇一封信,显得心烦意乱,直到八月底一直没有去拜访叶皮凡诺夫家的时候,我对这种情况都没有丝毫怀疑。

八月底,爸爸又开始拜访我们的邻居了,在我和沃洛佳临去莫斯科的头一天,他向我们宣布他要同阿夫多季娅·瓦西里耶夫娜结婚。

三十五

我们怎样接受这个消息

正式宣布这个消息的前一天，家里所有的人都已经知道了，大家议论纷纷。米米整天没有出屋，哭哭啼啼。卡坚卡陪着她，吃午饭时才出来，脸上带着分明模仿她母亲的委屈的神情；柳博奇卡，恰好相反，非常高兴，吃午饭的时候说，她晓得一件好极了的秘密，但是她不告诉任何人。

"你那个秘密一点也不好，"沃洛佳对她说，没有分享她的满意心情，"如果你能够认真地想一想，你就会了解，恰恰相反，这是很坏的事。"

柳博奇卡不胜惊讶地、聚精会神地看了他一眼，就一声不响了。

午饭后，沃洛佳刚要挽起我的胳膊，但是，大概又害怕这样像感情用事，只是碰了碰我的胳膊肘，朝着大厅点了点头。

"你知道柳博奇卡要谈什么秘密吗？"他确信只有我们两个的时候，他对我说。

我同沃洛佳很少在一起谈什么正经事，因此碰到这种情况，我们彼此都感到不自在，像沃洛佳所说的那样，眼睛里直冒金星；但是现在，我的惶惑不安的眼神所得到的反应是，他继续严肃地盯着我的眼睛，脸上的表情好像说："别着慌。我们终归是兄弟，得彼此商量商量家里的大事！"我了解他的意思，他接下去说：

"爸爸要同叶皮凡诺娃结婚了，你知道吗？"

我点点头，因为我已经听到这个消息了。

"要知道，这件事情很不好。"沃洛佳继续说。

"到底为什么？"

"为什么？"他愤愤地回答，"有上校那么一位结结巴巴的舅舅和这门子亲戚，可真叫人高兴！而且，虽然她现在看起来很和善，很不错，谁知道她将来会变成什么样呢？就算对我们没有什么关系，但是柳博奇卡不久就要进入社交界了。有这么一位 belle-mère①，可不是一件愉快的事情，她连法语都说不好，她能给柳博奇卡培养出什么风度呢？她只是个小户人家出身的而已；就算心地善良吧，但总归是个小户人家出身的。"沃洛佳收尾说，显然很满意"小户人家出身"这个称呼。

尽管听到沃洛佳那么冷静地评论爸爸所选择的配偶我感到很惊奇，但是我仍旧觉得他说得有理。

"爸爸为什么要结婚呢？"

"这可叫人无法理解了，只有天知道！我只知道彼得·瓦

---

① 法语：继母。

西里耶维奇劝他，要求他结婚；爸爸不愿意，但是后来他突然想起一个怪念头，类似骑士精神。这是件无法理解的事。直到现在我才开始了解父亲，"沃洛佳接下去说（他叫他"父亲"而不叫"爸爸"，这刺痛了我），"他是个好人，又善良，又聪明，但是那么轻浮，那么轻率……这真奇怪！看见女人他就不能不动心。你要知道，他对女人是见一个爱一个。你知道，连米米他也爱过。"

"你说什么？"

"我讲给你听，不久以前我发现，米米年轻的时候，他爱过她，给她写过诗，他们有过一段什么。米米到现在还痛苦。"于是沃洛佳笑起来。

"不可能！"我不胜惊讶地说。

"不过主要的是，"沃洛佳又严肃地接着说，他突然开始用法语说，"我们所有的亲友会多么高兴这桩婚事呀！而且她一定会生孩子。"

听了沃洛佳这样入情入理的看法和预见，我惊异得不知怎样回答才好。

刚好这时，柳博奇卡来找我们。

"这么说，你们知道了？"她面带喜色说。

"是的，"沃洛佳说，"只是我很惊奇，柳博奇卡：你已经不是襁褓里的小娃娃了，居然会高兴爸爸娶这么一个贱货？"

柳博奇卡突然露出严肃的神情，若有所思。

"沃洛佳！为什么是贱货？你怎么敢这么说阿夫多季娅·瓦西里耶夫娜？既然爸爸要同她结婚，她就不会是贱货。"

"对，不是贱货，我只是这么说说，不过反正是……"

"用不着说什么'反正是'，"柳博奇卡急躁地打断他的话头说，"我并没有说过你爱上的那位小姐是个贱货。你怎么能那样说爸爸和一个出色的女人呢？虽然你是哥哥，你也不能对我这样讲，你也不该这样讲。"

"但是我为什么不能评论……"

"不能评论，"柳博奇卡又打断他的话头，"不能评论像我们这样的爸爸。米米可以评论，但不是你，哥哥。"

"不，你还一点都不懂，"沃洛佳轻蔑地说，"你要懂得！要一个什么杜涅奇卡·叶皮凡诺娃来代替死去的maman，这样做好吗？"

柳博奇卡沉默了一会儿，眼眶里突然涌出了泪水。

"我知道你很骄傲，不过我没有想到你这么狠毒。"她说着，就离开了我们。

"糊涂啊，"沃洛佳说，露出又认真又滑稽的样子和暗淡无光的眼神，"你同她议论去吧。"他继续说，好像责备自己忘了身份，竟然屈尊同柳博奇卡谈起话来。

第二天天气很坏，我走进客厅的时候，爸爸和女士们还没有下来吃茶。夜里下了一场寒冷的秋雨，夜里剩下的乌云在天空飘过，一轮明亮的太阳已经高悬空中，透过乌云朦胧地闪耀着。这一天有风，又潮湿，又寒冷。通花园的那扇门敞着，凉台上的地板因为被淋湿而显得发黑，昨夜的雨留在地板上的积水已经快要干了。敞开的门用铁钩钩住，被风吹得直晃荡，小路潮湿泥泞；长着光秃秃的白枝桠的老桦树、灌木丛、青草、荨麻、红醋栗树和树叶的淡白色背面朝上翻着的接骨木树林，在一处颤动着，好像要脱离树根一样。圆形的黄叶在菩提树林阴路上飞舞，旋转着，互相追逐着，被雨水淋湿，就堆积在湿漉漉的小径上和潮湿的暗绿色再生草地上。我脑子里净想父亲未来的婚事，用沃洛佳的观点来看它。我觉得我姐姐的，我们的，甚至父亲本人的前途都不怎么美妙。我一想起来就愤怒：一个局外人，一个陌生人，主要是一个毫无权利的年轻女人，突然在许多方面占据别人的位置——是谁的位置呢？一个普普通通的年轻姑娘竟要占据我的亡母的地位！我感到忧伤，我越来越觉得父亲做得不对。恰好这时我听到他同沃洛佳在仆从室里谈话的声音。我不愿意看见父亲，于是从门口往后退；但是柳博奇卡来找我，说爸爸叫我去。

他站在客厅里，一只手扶着钢琴，急不可耐地、然而非常庄严地朝我这边望着。他的脸上已经没有这一时期我一直见到的那种青春幸福的表情。他很伤心。沃洛佳手里夹着烟斗在房间里踱来踱去。我走到父亲身边，向他问安。

"哦，我的孩子们，"他抬起头来果断地说，声调特别快，一般是在谈到很不愉快的事、但是已经没有商量的余地时才用这种声调，"我想你们知道，我要同阿夫多季娅·瓦西里耶夫娜结婚了。"他停顿了一下，"你们的 maman 逝世后，我从来也没想续弦，但是……"他停了片刻，"但是……但是，显然是命里注定。杜涅奇卡是个善良可爱的姑娘，而且已经不太年轻；我希望你们会爱她，孩子们；她已经从心里爱上你们了，她是个好人。现在你们，"他说着，转向我和沃洛佳，仿佛怕我们打断他，很匆忙地说下去，"你们就要走了，我要在这儿待到新年，然后再去莫斯科，"他又迟疑起来，"那时候带着妻子和柳博奇卡。"看见父亲好像愧对我们的神情，我很难受，于是走近他一些，但是沃洛佳依旧抽着烟斗，低着头在房间里踱来踱去。

"是的，我的孩子们，这就是你们的老父亲忽发奇想。"爸爸结束说，他红着脸，咳嗽着，把手伸给我和沃洛佳。他说这话时眼泪盈眶，他把手伸给这时在房间那头的沃洛佳，我发现那只手有点颤抖。看到那只颤抖的手，我很难过，我突然想到一个古怪念头，这使我更感动——我想到，爸爸在一八一二年服过兵役，而且是一个著名的勇敢军官。我握住他那青筋嶙嶙的大手，吻了吻。他紧紧握住我的手，突然呜咽起来，双手抱住柳博奇卡的一头黑发的脑袋，开始吻她的眼睛。沃洛佳假装掉了烟斗，弯下腰去，偷偷地用拳头擦了眼睛，尽力不让人发觉，走出屋去。

三十六

大 学

婚礼要在两个星期以后举行；但是大学已经开学，我和沃洛佳就在九月初去莫斯科。涅赫柳多夫家的人也从乡下回来了。我和德米特里分手时，约好要通信，自然啰，信，我们一次也没有写过。回莫斯科以后，他立刻来看我，我们决定，他第二天带我到大学去听第一次课。

那是个阳光明媚的日子。

我一走进教室，就觉得自己消失在这群快活的年轻人当中，他们在从大窗户照射进来的明亮阳光中，在所有的门口和走廊上熙熙攘攘地走着。感到自己是这个大集体里的一员的意识是十分愉快的。但是这些人中我认识的并不多，而且认识的也只限于点头之交和说一声："您好，伊尔捷尼耶夫！"在我周围，人们互相紧紧握手，拥挤，到处都是友好的话语、微笑、友情和玩笑，到处都感觉到有一种纽带把这群年轻人联结到一起，而且觉得伤心的是，这种纽带不知怎地竟把我撇开。但这是一瞬间的印象。由于这个印象和因此而产生的恼怒，相反地，甚至使我立刻觉得我不属于这个集体，我应该有自己的体面人的圈子，这倒也不错，于是我坐在第三排凳子上，Б 伯爵、З 男爵、Р 公爵、伊温和其他这一类绅士都坐在那儿，其中我认识的有伊温和 Б 伯爵。但是，这些绅士也很奇怪地望着我，使我觉得我也并不完全属于他们那一群。我开始观察我周围发生的一切。谢苗诺夫，一头蓬乱的白发，一口白牙，敞着礼服，坐得离我不远，他支着胳膊肘，咬着鹅毛笔管。考第一名的那个中学生坐在第一排凳子上，腮帮上依旧绑着黑领带，他玩弄着挂在缎子背心上的银表钥匙。伊科宁总算设法进了大学，他坐在上边的凳子上，穿着一条镶边的、罩住整个皮靴的淡蓝色裤子，哈哈大笑着，大声说他是在帕那斯山[①]上。伊连卡使我很惊异，他不但是冷淡地，甚至是轻蔑地向我行了一礼，好像要提醒我，我们在这儿是平等的，他坐在我前面，随随便便地（我觉得是做给我看的）把他的两条瘦腿往凳子上一搭，同另外一个学生交谈着，偶尔回头瞅我一眼。伊温的同伴们在我旁边用法语交谈。我觉得这些绅士愚蠢极了。我听到他们谈话中的一言一语，觉得不仅无聊，而且不正确，简直不是法语（我心里说，ce n'est pas Français[②]），而谢苗诺夫、伊连卡以及别人的举止言行，我觉得既不文雅，又不规矩，又不 comme il faut。

我不属于任何集团，觉得自己是孤立的，不善于交际，不禁恼怒起来。坐在我前面凳子上的一个学生在咬指甲，指甲周

---

① 希腊中部的山峰。希腊神话中太阳神的圣地。
② 法语：这不是法语。

围的红色肉刺叫人恶心，我甚至挪了一下，离他远些。我记得，在开学的第一天，我心里非常难过。

教授进来的时候，大伙动了一动之后，就鸦雀无声了。我记得我也把讽刺的目光投到教授身上，他用一句我觉得毫无意义的话作为开场白，开始讲课，使我很是吃惊。我本来希望这堂课自始至终都讲得那么精辟，以致增一个字不行，减一个字也不行。在这方面我失望了，我立刻就在我带来的装潢美观的笔记本的"第一讲"的标题下面，画了十八幅侧面像，组成花环似的圆圈，仅仅偶尔把手在纸上移动一下，让那位教授（我确信他很注意我）以为我是在记笔记。在这堂课上，我断定把每位教授讲的一切都记下来不但不必要，甚至是愚蠢的，直到学期终了我一直遵守这个原则。

上下面几节课时，我已经不觉得那么孤独了，我和好多同学打招呼，握手寒暄，但是不知为什么，我和同学之间还缺乏真正的接近，我心里更加常常感到悲哀和虚伪。同伊温和贵族们（像大伙这么称呼他们的）那一伙，我合不来，因为，就我现在记得的，当时我非常腼腆，对待他们很无礼，要他们先向我行礼我才答礼，而且他们显然并不大需要和我结交。至于同大多数的同学，我跟他们合不来完全是由于不同的原因。我一感到某位同学对我发生好感,我就立刻向他表示,我在伊万·伊万内奇公爵家用过饭,我有自用马车。我说这一切,无非是要从最有利的方面炫耀一下,使同学们因此更喜欢我;但是恰好相反,几乎每一次,由于我说出伊万·伊万内奇公爵是我的亲戚和我有自用马车,同学们就突然变得对我傲慢而冷淡了。

我们中间有一个公费生奥佩罗夫,他是一个谦虚的青年,很有才能,非常用功,他把手伸出来总像伸一块木板一样,手指一点不弯曲,动也不动,因此有些爱开玩笑的同学在同他握手时,常常也那样伸出手去,并且管这叫"木板"式的握手。我差不多总坐在他身边,时常和他交谈。由于奥佩罗夫对教授们所发表的自由看法,我特别喜欢他。他十分清楚而确切地阐明每个教授讲课的优缺点,甚至有时还嘲笑他们。他的小嘴用平静的声调说出来的话,对我起了特别奇怪和惊人的影响。虽然如此,他仍然毫无例外地把所有的讲义都仔仔细细用他那娟秀的笔迹记录下来。我们已经开始接近起来,决定一起温习功课,当我靠着他坐到自己座位上的时候,他那小小的灰色近视眼已经开始愉快地望着我了。但是有一次谈话中,我觉得必须向他说明,我母亲临死时,曾要求我父亲不要把我们送进任何公费学校,而且我开始相信,所有的公费生,纵然博学多识,但是在我看来,他们……完全不像样子,我结结巴巴地说,ce ne sont pas des gens comme il faut,①并且感到不知怎地脸红了。奥佩罗夫什么也没有对我讲,但是以后上课时,他就不先跟我打招呼,不把他的"木板"伸给我,不交谈了,当我坐到座位上去的时候,他就把头扭向一边,紧贴在练习本上,离它有一指远,假装看笔记的样子。奥佩罗夫毫无来由的冷淡使我惊奇。但是,我认为 pour un jeune homme de bonne maison②,巴结奥佩罗夫这样的公费生是有失体面的,于是我就不理他了,虽然坦白地说,他的冷淡使我伤心。有一次我比他来得早些,因为是大家敬爱的一位教授讲课,不常来听课的学生们也都来了,所有的座位都坐满了,我占了奥佩罗夫的位子,把笔记本放到桌上,就出去了。回到教室一看,我的笔记本已经被挪到后面的凳子上,而奥佩罗夫坐在我占的位子上。我告诉他,我原来是把笔记本放在那儿的。

"我不知道。"他回答说,突然间面红耳赤,望也不望我一眼。

"我告诉你,我是把笔记本放在这儿的,"我说,故意发火,想用我的勇敢气概吓唬他,"大家都看见的。"我环顾了一下别

---

① 法语:他们不是很体面的人。
② 法语:对于一个上等人家的青年。

的学生们,补充说;但是,虽然有好多人好奇地望着我,却没有一个应声。

"这儿的位子不是包下来的,谁先来谁就坐。"奥佩罗夫说,他很生气地在座位上坐正,用愤怒的眼光扫了我一眼。

"这说明您是个没有礼貌的人。"我说。

奥佩罗夫好像嘟囔了句什么,他甚至好像嘟囔说:"你是个蠢小子。"但是我一点也没有听清楚。况且,我就是听清楚又有什么用呢?不过像manants[①]一样吵嘴罢了(我很爱manant这个词,我用它回答和解决了许多复杂的问题)。也许我还会再说几句,但是这时门砰的一声关上了,身穿蓝色燕尾服的教授行了个礼,匆匆地走上了讲台。

可是考试以前,当我需要笔记本的时候,奥佩罗夫记着他的诺言,把自己的笔记本借给我,而且邀我一同温习功课。

---

① 法语:乡下佬。

三十七

恋爱事件

那年冬天，一些恋爱事件使我感到很大兴趣。我恋爱过三回。有一回我热爱上一个体态非常丰满的太太，她在弗赖塔格练马场上当着我的面骑马，因此每逢星期二和星期五——这是她骑马的日子——我就到练马场去看她，但是每次都那么害怕她看见我，所以总是离她远远的，而且从她必经的地方飞快地跑掉，当她望我这边的时候，我只是不经意地扭过身去，因此我连她的面貌都没有看清，直到如今还不知道她是不是真的长得很美。

杜布科夫认识这位夫人，有一天他在练马场发现我躲在仆人们和他们抱着的皮大衣后面，而且听德米特里说到过我的热情，就要给我介绍这位女骑士，这个提议吓得我慌忙跑出练马场；一想到他要把我的情况告诉她，我就再也不敢进练马场，连仆人们那里也不敢去，害怕碰见她。

当我爱上不认识的女人，特别是有夫之妇时，我所感到的羞涩，比爱上索涅奇卡时所体验到的还要厉害一千倍。我最怕的就是，我的对象晓得我的热情，甚至我的存在。我觉得，如果她知道我对她怀着的感情，那对她就会是莫大的侮辱，使她终生不能宽恕我。真的，如果那位女骑士晓得我从仆人身后望着她，想象把她拐走，带到乡下，怎样和她住在那里以及如何对待她的详情，她感到是受了莫大侮辱也许是很有道理的。但是我想不明白，即使她认识了我，也不能马上发现我对她转的一切念头，因此，单单同她结识一下，并没有什么可羞愧的地方。

第二次，我爱上来拜访我姐姐的索涅奇卡。我对她的第二度爱情早已是明日黄花，但是我又第三次爱上了她，这是因为柳博奇卡把索涅奇卡抄的诗册给了我，在她抄的莱蒙托夫的《恶魔》中许多伤感的爱情句子下面都用红墨水画了道道，而且夹着花朵。回忆起去年沃洛佳怎样吻他的情人的钱包，我也试着那么做；有一天晚上，我一个人在房间里，果真望着一朵小花，把它贴到嘴唇上，开始幻想，我感到一种快活得要落泪的心情，于是又陷入了情网，或者说，至少有几天工夫我这么认为。

最后，第三次，那年冬天我爱上了沃洛佳爱着的、常到我们家来的一位小姐。这位小姐，就我现在记得的，没有丝毫优点，特别是没有我一向爱好的优点。她是一位著名的莫斯科的聪颖博学的夫人的女儿，娇小玲珑，长长的金发梳成英国式的发卷儿，侧影线条分明。人人都说这位小姐比她母亲还聪明，还有学问。但是这一点我怎么也判断不出，因为，我一想到她的聪明和学问就产生一种敬畏之感，我只同她谈过一次话，而且还怀着难以形容的战战兢兢的心情。沃洛佳从来不因为有人在场而不好意思表现自己的欢欣,他那份欢欣强烈地感染了我,使我热烈地爱上了这位小姐。我觉得,沃洛佳如果知道哥儿俩爱上同一位小姐,他一定会不痛快,因此我没有对他提到我的爱情。恰好相反,这种情感最让我感到愉快的是这样一种想法,就是:我们的爱情是那么纯洁,虽然对象是同一个美人儿,但是我们依旧非常友好,而且必要时彼此都准备牺牲自己。不过,谈到准备牺牲这一点,沃洛佳同我的看法好像并不完全一样,因为他爱得那么热烈,要是他听说有一个真正的外交家要娶她,他就会打他一个嘴巴,同他决斗。我觉得牺牲自己的感情是一大快事,也许这是因为费不了我多大气力,因为我只同这位小姐很奇特地谈过一次深奥的音乐的价值,而我的爱情,虽然我拼命保持它,过了一个星期就消失了。

三十八

社 交

我初进大学时曾模仿我的哥哥,梦想沉湎在社交的欢乐中,可是那年冬天,这种欢乐使我完全失望了。沃洛佳经常跳舞,爸爸也时常带着年轻的妻子赴跳舞晚会;但是,他们想必不是认为我太年轻,就是认为我不能享受这种乐趣,谁也不领我到举行舞会的那些人家去。尽管我答应对德米特里要推心置腹,我却没有告诉他,也没有告诉任何人,我是多么想参加舞会,却被人家遗忘(他们显然把我看作什么哲学家,因此我就装出那副模样),这是多么痛苦和可恼呀!

但是那年冬天科尔纳科娃公爵夫人举行了一次晚会。她亲自来邀请我们全家,也包括我在内。我头一次要去参加舞会了。临去以前,沃洛佳到我的房间里来,要看看我打扮得如何。他这种做法使我又吃惊又为难。我认为想打扮得很漂亮是极其可耻的,不应该让人知道这种愿望;而他却恰恰相反,认为这种愿望是那么自然和必要,所以他非常坦率地说,他怕我丢人。他叫我一定要穿上漆皮靴,当我要戴麂皮手套的时候,简直把他吓坏了;他按着一种奇特的样式给我戴上表,领我到库兹涅茨桥大街的理发店去。我烫了发。沃洛佳走开几步,从远处打量我。

"嗯,现在好了;不过,难道不能把这绺翘起来的额发弄平吗?"他对理发师说。

但是,无论 Mr Charles①怎么努力把黏糊糊的生发油涂到我的额发上,在我戴帽子的时候,它仍然翘起来,总而言之,烫过头发之后,我觉得那副容貌比以前更难看得多。我唯一的补救方法就是装出一副漫不经意的神情。只有这样,我的外表才像点样子。

沃洛佳好像也是这样看法,因为他要我把烫过的头发弄平服;我那样做了,还是不行,他就再也不看我了,在去科尔纳科夫家的路上,一直闷闷不乐。

我大胆地同沃洛佳走进科尔纳科夫家;但是当公爵夫人邀我跳舞的时候,虽然我一路上只想多多跳舞,却不知为什么说我不会跳舞,我胆怯了,单独留在陌生人中间,我平常那种无法克服的羞涩心情越来越强烈了。我默默地在一个地方站了一晚上。

跳华尔兹舞的时候,一位公爵小姐走到我跟前,带着他们全家共有的那种客套的亲切神情问我为什么不跳舞。我记得,听到这个问题时我是多么难为情,但同时,我又完全情不自禁

---

① 英语:查理先生。

地露出一种自满的微笑,我开始用最浮夸的法语,带着许多插话,说了一些荒唐话,在十年后的今天我回想起来还感到羞愧。想必是音乐大大影响了我,刺激了我的神经,而且,我以为,掩盖了我话语中不大容易了解的部分。我谈到上流社会,谈到男人和女人的空虚无聊,最后竟信口开河,把一句话说了一半就停下来,那句话是根本无法说完的。

连生来就善于交际的公爵小姐也觉得难堪了,用谴责的目光看了我一眼。我微微一笑。在这要命的关头,沃洛佳和杜布科夫一齐走到我跟前来了,沃洛佳见我高谈阔论,大概要弄清楚我怎么用言词来弥补不跳舞的损失。当他看见我的笑容和公爵小姐的惊慌神情,听到我最后那半句可怕的话之后,他满面通红,扭身就走了。公爵小姐站起来,离开了我。我依旧笑着,但是此时我意识到自己的愚蠢,痛苦极了,恨不得钻到地缝里去,我又觉得,无论如何必须活动活动,找点话说,好改变一下自己的处境。我走到杜布科夫跟前,问他是不是同她跳了好几次华尔兹。我打算显得又富有风趣又快活,但实际上是向在雅尔饭店的酒宴上被我喝令"住口"的那个杜布科夫求援。杜布科夫装作没有听见我的话,扭头走开了。我走到沃洛佳跟前,费了好大力气,装出开玩笑的声调说:"喂,沃洛佳,累坏了吗?"

但是沃洛佳望望我,那副神情好像说:"我们单独在一起的时候,你不要这样对我讲话。"然后,他就默默地走开了,显然怕我还要缠住他。

"天呀,我哥哥也把我抛弃了!"我心里想。

但是不知为什么,我还没有勇气走掉。直到晚会结束我还忧郁地站在一个地方,只有当大家都要走了,拥在前厅里,给我穿大衣的仆人挂住了我的帽檐,帽子翘起来了,我才眼泪汪汪地苦笑了一下,并不专对某个人说:"Comme c'est gracieux！[①]"

[①] 法语:这多么优美啊!

三十九

酒　宴

虽然在德米特里的影响下,我还没有沉溺在通常大学生们叫作酒宴的那种娱乐中,但那年冬天我却已经参加了一次酒宴,从中得到一种不十分愉快的印象。经过的情形是这样的。那年年初,有一次在课堂上,З男爵,一个身材高大、一头金发、端正的脸上带着非常严肃神情的青年,邀请我们大家去他家参加同学晚会。我们大家——指的是多少还comme il faut的同班同学;其中,自然啰,既不包括格拉普、谢苗诺夫、奥佩罗夫,也没有这些不大好的先生。沃洛佳听说我要去参加大一学生的酒宴,轻蔑地笑了笑;但是我期望从我还根本不知道的消遣中获得极大的、不同寻常的乐趣,于是在八点钟准时到了З男爵家。

З男爵敞着礼服,穿着白背心,把客人们接待到他父母住的一幢小房子的灯火辉煌的大厅里和客厅里;他的父母把这两个豪华的房间让给他举行庆祝晚会。过道里可以隐约看见好奇的使女们的衣服和脑袋,有一次在餐厅里还看见一位夫人的衣服闪了一闪,我认为那就是男爵夫人本人。约摸有二十个客人,都是大学生,除了同伊温家的人一起前来的弗劳斯特先生和一个面孔红润、身材魁梧、穿着便服的绅士,——那位绅士主持宴会,在向大家介绍时,说他是男爵的亲戚,以前在杰尔普特大学①念过书。豪华的房间里，灯光亮得耀眼，布置没有特色，起初使这批青年非常扫兴，大家不由得都靠墙站着，只有几个大胆的人和那位杰尔普特的大学生算作例外，那位大学生已经敞开背心，仿佛在同一时间内在每个房间的每个角落都有他，仿佛整个房间都充满他那嘹亮悦耳、从不间断的男高音。同学们大多数都不声不响，要不就谦虚地谈论教授们，谈论学科、考试和一般严肃而无趣的题目。大家毫无例外地都望着餐厅的门，虽然极力掩饰这一点，但是大家的神情仿佛都说："喂，该开始了吧！"我也觉得该开始了，怀着急不可耐的喜悦心情等待着开场。

喝过仆人们给客人们送来的茶以后，杰尔普特大学的学生用俄语问弗劳斯特：

"你会做热糖酒②吗，弗劳斯特？"

"O ja！"③弗劳斯特回答，腿肚子颤抖着，但是杰尔普特大学的学生又用俄语对他说：

"那么，这件事由你来办吧（他们在杰尔普特大学是同学，

---

① 现名塔尔图大学，在爱沙尼亚塔尔图市，一八〇二年创立。
② 将甜酒或白兰地浇在大块糖上，点燃融化而成。
③ 德语：是呀！

彼此你我相称）。"于是弗劳斯特就迈着他那朝外弯的、肌肉丰满的腿大步从客厅走到餐厅，又从餐厅走到客厅，不久桌上就出现了一个大汤碗，上面有一块十磅重的塔糖摆在三把交叉着的大学生佩剑当中。这时，3男爵不住地走到聚集在客厅里、望着汤碗的全体客人跟前，带着一成不变的严肃神情对每个人说着几乎是老一套的话："诸位，让我们按着大学生的方式轮流饮酒，为友谊干杯吧，不然的话，我们这一年级就完全没有友谊了。解开衣服吧，或者照他那样，干脆脱掉！"真的，杰尔普特大学的大学生已经脱掉礼服，把雪白的衬衫袖子挽到雪白的胳膊肘上面，果断地叉开两腿，烧起汤碗里的甜酒来了。

"先生们，灭了灯吧！"杰尔普特大学的大学生突然叫道，他的声音那么响亮，那么威风凛凛，好像我们大家齐声喊叫才会这样。我们都默默地注视着汤碗和杰尔普特大学的大学生的白衬衫，感到隆重的时刻已经来临了。

"Löschen Sie die Lichter aus, Frost！"[①]杰尔普特大学的大学生又喊道，这次是用德语说的，大概是太激动了。弗劳斯特和我们一齐动手灭灯。房间里暗了下来，只有雪白的衣袖和

---

① 德语：弗劳斯特，灭灯！

扶着宝剑上那块糖的手被蓝莹莹的火苗照亮。杰尔普特大学的大学生的嘹亮的男高音不再是唯一的声音了，因为房间的各个角落都发出了谈笑声。好多人脱掉礼服（特别是那些穿着十分清洁的漂亮衬衫的人），我也那样做了，懂得已经开始了。虽然这时还没有什么有趣的事情，但是我坚决相信，当我们每人都干上一杯煮好的酒时，一切就会妙极了。

酒煮好了。杰尔普特大学的大学生给每个玻璃杯斟上热糖酒，滴得满桌都是，然后他就喊道："喂，先生们，现在请吧！"当我们每人端起一个斟得满满的、黏糊糊的酒杯时，杰尔普特大学的大学生和弗劳斯特开始唱一支德国歌，歌里时常重复"哟嗨"这个惊叹词。我们大家都乱哄哄地跟着他们唱，开始碰杯，喊叫，称赞热糖酒，挽着或者不挽着胳膊，开始喝浓烈的甜酒。现在没有可等待的了，酒宴已经达到最高潮。我已经喝了满满一玻璃杯热糖酒；他们又给我斟上一杯。我的太阳穴在跳动，火焰好像是血红色的，我周围的人都在喊叫和哄笑，但是依旧非但不快活，而且我深信我和其他的人都感到无聊，只是不知为什么，我们都认为必须装出非常快乐的样子。也许唯一不装模作样的是杰尔普特大学的大学生；他的脸越来越红，而且他满场飞，给每个人的空杯斟满，把已经变得又甜又黏的桌子上泼了越来越多的酒。我已经记不清前后的情景,但是我却记得,那天晚上我非常喜爱杰尔普特大学的大学生和弗劳斯特,心里背诵德国歌,吻他们两人的甜甜的嘴唇;我也记得,那天晚上我憎恨杰尔普特大学的大学生,想抡椅子砸他,但是克制住了;我记得,除了我在雅尔饭店吃饭那天所体验到的四肢不听使唤的感觉而外,这天晚上我头痛欲裂,晕头转向,我很害怕当场就会死掉;我也记得,我们不知为什么都坐到地板上,挥着胳膊,作出划船的姿势,唱《顺伏尔加河而下》,当时我觉得完全不应该那么做。我还记得,我躺在地板上,腿钩着腿,按照茨冈人的方式角力,扭某个人的脖子,心里想,要是他没有喝醉,这种事是不会发生的。我还记得,我们吃了晚饭,喝了点别的东西;我到外面去透透气,我的头脑感到冷,走的时候,我发现天色已经漆黑了,马车的踏板变得歪斜滑溜,并且抓不住库兹马了,因为他变得软弱无力,像破布一样摇来晃去。但是我记得最主要的事情是,那天整个晚上,我不断地感觉到,我觉得自己装出兴高采烈的样子,装出我爱狂饮,装出我毫无醉意,这真是愚蠢得很;我还一直觉得,别的人如此装模作样,也是非常愚蠢的。我觉得,每个人都像我一样不快活,但是他以为只有自己感到这种不愉快的心情;每个人都认为自己必须装出快活的样子，免得破坏全体的欢乐；而且，说也奇怪，单单为了倒在汤碗里三瓶十卢布一瓶的香槟酒和十瓶四卢布一瓶的甜酒（除去晚饭的花销，总共七十卢布），我就认为自己必须装模作样。我对这一点是深信不疑的，因此第二天上课时，那些参加 З 男爵家晚会的同学们回想起他们在晚会上的行为不仅不感到羞愧，反而津津乐道，让别的同学们也能听见，这使我特别惊异。他们说那是非常出色的酒宴，杰尔普特大学的大学生办这种事很有能耐，他们二十个人喝了四十瓶甜酒，好多人喝得烂醉如泥，躺在桌下。我不明白，他们为什么不但谈论这件事，而且还把自己说得如此不堪。

四十

同涅赫柳多夫一家的友谊

那年冬天，我不仅和不时来我们家的德米特里常常见面，而且还常看见他全家的人，我同她们已经交上了朋友。

涅赫柳多夫家的人（母亲、姨母和女儿）每天晚上都在家，公爵夫人喜欢年轻人（照她的说法，那种不打牌、不跳舞而能消磨整个黄昏的男子）晚上去拜访她。但是，想必这样的男子很少，因为我差不多每天傍晚都去拜望她们，却很少在那里遇见客人。我同这一家人处惯了，也熟悉了她们的各种情绪，对她们的相互关系也有了明确的概念，看惯了她们的房间和家具，没有客人的时候，我觉得十分自由自在，只有留下我在房间里同瓦连卡单独相对时例外。我总觉得，她这个不很漂亮的姑娘，很希望我爱上她。但是，这种惶惑不安也渐渐消失了。她不论是同我，同她哥哥，或者同柳博芙·谢尔盖耶夫娜谈话，都同样显得十分自然；我也逐渐习惯把她看成一个普普通通的人，向她表示同她相处得到的乐趣既不可耻，也不危险。在我同她相识的全部时间，有时我觉得这个姑娘很丑，有时又觉得她不太丑，但是我连一次也没有问过自己，我爱不爱她。我有时也直接同她谈话，但是在多半的情况下，总是当着她的面，通过对柳博芙·谢尔盖耶夫娜或者德米特里讲话来同她谈，我特别喜爱后面这种方法。在她面前聊天，听她唱歌，总而言之，知道她在我待的那个房间里，就使我感到莫大的乐趣；但是，这时我已经很少想到瓦连卡同我将来会有什么关系，也不再想什么如果我的朋友爱上我姐姐，我就牺牲自己了。即使我产生这种幻想和念头，我也非常满足现状，不知不觉地要把有关未来的想法驱出脑际。

尽管我们很接近，我仍然认为自己决不能让涅赫柳多夫全家，特别是瓦连卡晓得我的真正感情和癖性；我极力装出和我的真正面目完全不同的青年人的样子，甚至实际上不可能存在的人的模样。当我特别喜爱什么的时候，就拼命显得热情、狂欢、惊叹，装出满腔热情的姿态，同时，对于我所见所闻的任何不平常的事，都极力显出漠不关心的神情。我尽力装做蔑视一切的恶毒的嘲讽家，同时又是细致的观察者；尽力显得一举一动都入情入理，在生活中仔细而认真，同时又看不起一切物质的东西。我可以大胆地说，真正的我要比我极力装出的那个怪物好得多；不过，就是以我所装出的那副模样，涅赫柳多夫家的人也很喜欢我，幸运的是，她们似乎并不相信我的伪装。只有柳博芙·谢尔盖耶夫娜一个人认为我是极端的个人主义者、无神论者、好嘲笑人的人，我觉得她不喜欢我，时常同我争论，生我的气，动不动就突如其来地顶我几句。但是，德米特里还同她保持着那种莫名其妙的、超出友谊的关系,他说谁也不了解她,她给了他很多好处。他同她的友情依旧苦恼着全家。

有一次瓦连卡同我谈到我们都大惑不解的这种关系,她这样解释:

"德米特里自尊心很强。他太高傲了,尽管他聪明绝顶,但是太喜欢受人夸奖和一鸣惊人了,喜欢永远居于首位,而姨母心地纯洁,总对他崇拜得五体投地,她太老实,没法不让他看到这种崇拜,结果成了她阿谀他,只不过毫不虚伪,而是真心诚意地罢了。"

我记住了这番议论,后来一分析,就不能不认为瓦连卡十分聪明,因此,我很愉快地在我的心目中提高了对她的评价。这种评价的提高是由于我在她身上发现的智慧和其他道德品质,不过纵然我乐意这么做,我还是适可而止,从来没有趋于极端,也就是达到欢欣若狂的地步。譬如说,索菲娅·伊万诺夫娜一谈起她外甥女来总也不知厌倦,她告诉我说,四年前在乡下,瓦连卡还很小的时候,不经大人允许,就把她所有的衣服和鞋子送给农家孩子,因此事后只好把它们一一追回。当时我听了,并没有立时把这当作值得提高对瓦连卡的评价的事件,心里还嘲笑她对事物会有这样不切实际的看法。

当涅赫柳多夫家来了客人,有时沃洛佳和杜布科夫也来了的时候,我就扬扬得意地、怀着几分像自家人的平静心情退到幕后,不言不语,只听别人讲话。我觉得别人所说的一切都愚蠢得令人难以相信,我甚至心里纳闷,以公爵夫人那么一位善于推理的聪明女人,以她一家那么善于推理的人们,怎么能够听这些胡言乱语,并且还予以回答。如果当时我头脑里把我单独在那里时所说的一切同别人所说的一比,我就一定不会大惊小怪了。如果我相信我们家里的人——阿夫多季娅·瓦西里耶夫娜、柳博奇卡和卡坚卡——跟别的女人一样,毫不比别人逊色,如果我回想起杜布科夫、卡坚卡和阿夫多季娅·瓦西里耶夫娜彼此愉快地一谈笑就是一个晚上;杜布科夫每当吹毛求疵的时候,几乎总是多情善感地背诵这样的诗:"Au banquet de la vie, infor-tuné convive..."①或是《恶魔》的片断;总而言之,一回想起他们怎样津津有味地一连好几个钟头谈些毫无意义的话,我也就不会大惊小怪了。

当然,有客人的时候,瓦连卡不像我们单独相处时那样注意我,那时候既不朗诵,也不弹奏我爱听的音乐。同别的客人

---

① 法语:"在人生的宴席上,不幸的同席的人啊。"这是引自法国诗人纪尔贝尔(1751—1780)模仿许多圣诗而写的《颂歌》,当时颇为流行。

谈话时，她失去了我所感到的主要魅力——她的冷静的理性和单纯。我记得，她同我哥哥沃洛佳谈到剧院和天气那些话，使我多么惊奇。我知道，沃洛佳最不愿谈的、最瞧不起的是平凡庸俗的话，而瓦连卡也总是嘲笑"今天天气哈哈哈"那一类平凡的客套，那么，他们俩见了面，为什么总谈一些俗不可耐的琐事，而彼此又好像很难为情呢？他们这样谈话以后，每次我都暗地里生瓦连卡的气，第二天嘲笑昨天来的那些客人们，但是越是这样，我就越觉得独自待在涅赫柳多夫家里更加愉快了。

不管怎样，我开始觉得，和德米特里待在他母亲的客厅里，比同他单独在一起有趣得多。

四十一

和涅赫柳多夫的友谊

就在那个时候,我和德米特里的友谊到了岌岌可危的地步。由于在他身上找不出缺点,我老早就开始研究他了,在青年时代的初期,我们只是热烈地爱,因此只爱十全十美的人。但是,当热情的云雾渐渐消散,或者理性的明亮光辉不知不觉地穿透它,我们看到热爱的对象的本来面目(有优点也有缺点)的时候,那些缺点就出人意外地、清清楚楚地、过分夸大地映入我们的眼帘;由于喜新厌旧的感情,由于希望别人达到高不可攀的尽美尽善的地步,结果我们不但对原来热爱的对象冷淡起来,而且感到讨厌,于是我们就不惜甩掉他向前跑,去寻找新的十全十美的事物。如果在我对待德米特里的关系上没有发生这种事,那只能归功于他那经久不变的、书呆子气的、理智超过感情的眷恋,使我绝对不好意思背信弃义。另外,还有那种推心置腹的奇怪规定束缚住我们。如果分了手,把我们彼此曾经吐露的,而且都感到羞愧的道德上的秘密留在对方的掌握之中,那就太可怕了。然而,我们都明白,推心置腹的规定早就不遵守了,它常常约束我们,使我们之间产生一种奇怪的关系。

那年冬天,我每次去看德米特里,几乎都遇到德米特里在给他的同学,大学生别佐别多夫上课。别佐别多夫又瘦又小,麻脸,小手上布满雀斑,满头蓬乱浓厚的红发;他总是破衣烂衫,邋里邋遢,毫无教养,连学习都很糟。德米特里同他的关系,正像他同柳博芙·谢尔盖耶夫娜的关系一样,是我不能理解的。在所有的同学中,他能够挑选上他,同他接近,唯一的原因恐怕只是在大学里没有比别佐别多夫更丑陋的学生了。但是,大概就是为了这个缘故,德米特里觉得,不管大家怎么看,对他表示好感是件乐事。他对那个大学生的态度中,处处都透露出这种骄傲的情绪:"你瞧,我无所谓,不管您是谁,对我都一样,我喜欢他,那就是说他很不错。"

使我纳闷的是:他经常克制自己怎么不觉得难受?可怜的别佐别多夫怎么竟会忍受这种难堪的处境呢?我非常不喜欢这种友谊。

一天傍晚,我到德米特里家去,打算和他一起在他母亲的客厅里消磨一个黄昏,闲聊,听瓦连卡唱歌或者朗读。但是别佐别多夫坐在楼上。德米特里用不客气的口吻回答我说,他不能下楼,因为像我看到的,他有客人。

"那里有什么乐趣呢?"他补充一句说,"顶好在这儿坐一会儿,聊聊。"虽然我根本不想同别佐别多夫坐上两个钟头,但是我不敢一个人到客厅里去;我朋友的古怪行动使我很生气,我只好坐在摇椅上,默默地摇晃起来。我非常恼怒德米特里和别佐别多夫,因为他们剥夺了我下楼的乐趣;我等待别佐别多夫快点走掉,一边默默地听他们谈话,一边生他和德米特里的气。"好一个愉快的客人!居然陪他坐着!"当仆人送茶来的时候,我想道。德米特里需要几次三番地请别佐别多夫喝茶,因为那位怕羞的客人认为头一两次必须推辞一下,说:"您自己请吧!"德米特里分明费了很大力气陪客人谈话;他一再想把我拉进去,可是徒劳无益。我闷闷不乐地一声不响。

"用不着装出那副样子,谁也不敢怀疑我感到无聊。"我心里对德米特里说,但仍然一言不发,悠然地摇着椅子。我感到几分快慰的是,自己心里对朋友的隐隐的憎恨越来越炽烈了。"真是个傻瓜!"我暗自思忖,"他本来可以和可爱的家里人愉快地消磨一个晚上,可是偏不,却陪这个畜生坐着。现在时间已经晚了,去客厅已经迟了。"我从椅子上向朋友瞅了一眼。他的胳膊、姿态、脖子(特别是他的后脑勺)和膝盖,我觉得都那么不顺眼,那么可气,当时我很可能欣然干出什么事,甚至干出使他最不愉快的事来。

别佐别多夫终于站了起来,但是德米特里还舍不得马上放走这么一个可爱的客人;他请他留下过夜,幸亏别佐别多夫没有答应,走掉了。

送走他以后，德米特里回来，有几分得意地微笑着搓着手，大概因为他耐着性子，终于摆脱了那个厌物。他开始在房间里踱来踱去，偶尔瞅我一眼。我对他更反感了。"他怎么敢走来走去，而且还笑呢？"我心里想。

"你为什么生气？"他停在我面前，突如其来地说。

"我根本没有生气，"我回答道，在这种情况下，人们总是这么回答，"我气恼的只是，你对我，对别佐别多夫，对你自己，都是假装的。"

"胡说八道！我从来不对任何人装假。"

"我没有忘记我们推心置腹的规定，我直率地对你说。我确信，"我说，"你同我一样讨厌这个别佐别多夫，因为他愚蠢，天晓得他是什么样的人，但是你喜欢在他面前摆架子。"

"不对！第一，别佐别多夫是个非常好的人……"

"我说对！我甚至可以告诉你，你和柳博芙·谢尔盖耶夫娜的友谊也是建立在这种基础上：她把你看成神。"

"我告诉你，这不对！"

"我说对！因为这是我自己琢磨出来的，"我压住满腔怒火回答说，想用坦率使他无法反驳，"过去我对你说过，现在我再告诉你一遍：我总觉得，我爱那些对我说好话的人，但是仔细一研究，我发现他们并没有真正的情谊。"

"不对，"德米特里接着说，愤怒地扭扭脖子来调整领带，"当我爱一个人的时候，一切毁誉都不能改变我的感情。"

"这不是老实话，我向你承认过：当爸爸叫我废物的时候，我恨过他一些时候，巴望他死掉；你也如此……"

"只讲你自己吧！真可惜，如果你是那么一个……"

"恰好相反，"我嚷道，从摇椅上跳起来，怀着不顾一切的勇气逼视着他的眼睛，"你说的不对；你不是对我讲过我哥哥吗？我不是要提醒你这个，因为这是不名誉的，你不是对我说过……不过我告诉你，我现在是多么了解你。"

于是，我拼命刺痛他，比他把我刺痛得还厉害，我开始向他证明他什么人都不爱，凡是我觉得我有权责备他的地方，我都统统对他说出来。我很满意向他吐露了一切，完全忘记这样做的唯一可能的目的，是要他承认我所指责的他的缺点，而在目前他正在气头上，这是办不到的。当他心平气和可以承认的时候，我又从来没有对他说过这些。

当这场争论已经变成争吵的时候，德米特里突然一声不响地离开了我，到隔壁房里去。我跟着他接着讲，但是他没有回嘴。我知道在他的缺点里，有一项是爱发火，他现在是在克制自己。

我咒骂他定的一切计划。

这就是我们的规定——彼此之间无话不谈，有关对方的一切，永远不向第三者泄露——给我们带来的后果。我们醉心于推心置腹，有时竟趋于极端，做出最无耻的自白，令人更感到害羞的是，我们拿假定和幻想来充当愿望和感情，就像我刚刚对他说的那番话一样；这种自白不但不会加强我们之间的联系，反而使感情本身枯竭，拆散我们。现在，由于自尊心作祟，他突然不愿做最无聊的自白，于是在激烈的争论中，我们就运用起我们以前互相提供的武器，痛击对方。

四十二

继　母

虽然爸爸打算过了新年才带着妻子来莫斯科,但是他却在深秋十月,在依然是携犬狩猎的好季节来到了。爸爸说,因为他的案件要在枢密院审理,所以他改变了自己的计划;但是米米却说,阿夫多季娅·瓦西里耶夫娜在乡下十分寂寞,经常谈到莫斯科,而且装病,所以爸爸决定满足她的愿望。

"因为她从来也不爱他,只是由于想嫁个阔佬,所以总把她的爱挂在嘴上。"米米补充了一句。她若有所思地叹了口气,仿佛说:"某些人,如果他能够赏识她们的话,就不会对他这样做。"

某些人对阿夫多季娅·瓦西里耶夫娜是不公平的;她对爸爸的爱——热烈的、忠诚的、自我牺牲的爱,在她的一言一语、一举一动、每个眼神中都可以看出来。但是这种爱情以及舍不得离开她所崇拜的丈夫的愿望,丝毫也不妨碍她想从安内特夫人的店里得到一条稀罕的头巾,戴上一顶插着罕见的蓝色鸵鸟翎的帽子,有一件会巧妙地露出她那至今只有丈夫和使女见过的白皙匀称的胸脯和胳膊的蓝色的威尼斯天鹅绒衣裳。卡坚卡当然站在她母亲那边。在我们和继母之间,从她来的那天起就建立了一种奇怪的玩笑关系。她一下马车,沃洛佳就装出一副一本正经的面孔和暗淡无神的眼光,立正行礼,摇摇摆摆走上前去吻她的手，好像介绍什么人似的说：

"祝贺亲爱的妈妈来临，吻妈妈的手，使我感到非常荣幸！"

"啊，亲爱的儿子！"阿夫多季娅·瓦西里耶夫娜说，露出她那娇媚、呆板的笑容。

"您别忘了第二个儿子呀！"我说，也走上去吻她的手，不知不觉地极力模仿沃洛佳的表情和声调。

如果我们和继母认为彼此之间有感情，那么，这种表示就会意味着不愿流露爱的特征；如果我们彼此已经抱着恶感，这就会意味着讽刺或是蔑视，装模作样，或者是想不让在场的父亲了解我们的真正关系和许许多多其他的思想感情；但是在目前的情况下，这种完全投合阿夫多季娅·瓦西里耶夫娜心意的表示简直毫无意义，只是掩饰了缺乏任何关系。我后来常发现，当别人家的成员预料到真正关系不会十分融洽时，也有开这种虚伪的玩笑的关系；在阿夫多季娅·瓦西里耶夫娜和我们之间，这种关系不知不觉地建立起来了。我们似乎从来没有摆脱过这种关系；我们对她总是装得恭恭敬敬，对她讲法语，立正行礼，管她叫 chère maman①，她听了总是用同样的玩笑口吻回答，

---

① 法语：亲爱的妈妈。

露出她那娇媚、呆板的笑容。只有罗圈腿、说话老实、爱哭的柳博奇卡喜欢继母,她非常天真地,有时很笨拙地设法使继母和我们全家人接近;因此,阿夫多季娅·瓦西里耶夫娜除了对爸爸的热爱以外,如果在全世界她对什么人哪怕有一丁点好感,那人就是柳博奇卡。阿夫多季娅·瓦西里耶夫娜甚至对柳博奇卡流露出一种如醉如狂的赞叹和敬畏心情,使我大为惊奇。

最初,阿夫多季娅·瓦西里耶夫娜常喜欢称自己是继母,暗示孩子们和家里的人们一般总是错误地、不公平地看待继母,因此她的处境非常困难。她虽然看出这种处境的一切不愉快,但是她却不想任何办法来摆脱它:爱抚这个,送礼物给那个,不要唠叨;其实她天性宽厚,为人和善,本来这一点是很容易做到的。她不但没有这样做,而且恰恰相反,在看出自己处境的一切不愉快时,没有遭到攻击就准备自卫;她主观地以为全家人都千方百计同她作对,侮辱她,因此觉得样样事上都有阴谋诡计,认为自己只好忍气吞声;当然,她的消极无为不但没有赢得爱戴,反倒引起了人家的反感。再加上,她十分缺乏我在前边已经提过的、我们家里高度发展的理解能力,她的习惯又和我们家根深蒂固的习惯相反,这一点就使她处于不利的地位。生活在我们的整洁的、井井有条的家庭里,她总像刚才来到似的：起床和就寝忽早忽晚；有时出来用午饭，有时又不出来；有时吃晚饭，有时又不吃。没有客人时，她差不多总是衣衫不整，让我们（甚至仆人们）看见她穿着白裙，披着披巾，袒肩露背，毫不觉得难为情。最初我很喜欢这种随便，但是后来，很快地，正是由于这种随便，我对她失去了最后一点敬意。我们觉得尤其奇怪的是，在有客人和没有客人的时候，她完全是判若两人：一个，在客人面前，是个年轻健康、艳如桃李、冷若冰霜的美人儿，服装华丽，既不聪明，也不愚蠢，但是非常快活；另一个，在没有客人时，是个并不年轻的、憔悴的、悲哀的妇人，虽然多情，却邋里邋遢，百无聊赖。当她含着笑容，冬天做客归来冻得脸颊通红，意识到自己的美貌而不胜欣喜，她摘下帽子，走到穿衣镜前去照镜子的时候；或者当她的豪华露胸舞服窸窣地响着，她在仆人面前感到又害羞又高傲，坐上马车的时候；或者当我们家里举行小小的晚会，她穿着高领的绸衣裳，纤细的脖颈的领口上镶着精致的花边，到处闪耀着她那呆板的但是娇媚的微笑时，我常常望着她，心里暗自纳闷：那些赞美她的人如果看到她，像我每天晚上看到她留在家里那副模样，穿着睡衣，蓬头散发，等待丈夫从俱乐部回来，一直等到半夜，像影子一样在灯火黯淡的房间里踱来踱去，他们会说些什么呢？她一会儿走到钢琴跟前，紧张得皱紧眉头，弹弹她所晓得的唯一的圆舞曲，一会儿拿起一本小说，从中间看上几行又丢开；有时，不叫醒仆人们，亲自跑到餐厅里拿起一根黄瓜和一块冷牛肉，站在窗口就吃起来；有时，又疲倦又忧愁，漫无目的地在一个个房间里荡来荡去。但是最让我们和她疏远的原因是她缺乏理解力，这主要表现在当人家对她提到她不懂的事物时，她所特有的那种傲慢的注意神情。当人家向她讲她不大感兴趣的事物（除了她自己和她丈夫，她对什么都不感兴趣）时，她有一种不自觉地撇嘴一笑和歪歪脑袋的习惯，这习惯本来没有什么，但是她老是这么笑，老是这么歪脑袋，就使人反感极了。她的乐趣好像在于嘲笑自己，嘲笑你们，嘲笑全世界，这种乐趣也是傻里傻气，不能感染任何人。她的多情过于矫揉造作。尤其是，她不住地对大家讲她对爸爸的爱，毫不羞涩。虽然当她说她的整个生命就在于她对丈夫的爱时，她一点儿也没有撒谎，虽然她用自己的全部生命来证明她真是这样，然而，根据我们的认识，这样毫不害臊地不断强调自己的爱，令人不免作呕；而当她在外人面前这样讲时，比她讲错法语更使我们替她难为情。

她爱丈夫胜过世界上的一切，丈夫也爱她，特别是在最初，以及当他看到不仅他自己一个人喜欢她的时候。她生活中的唯一目的就是获得丈夫的爱情；但是，她好像故意要做出使他不快的一切，其目的就在于向他证明自己爱情的强烈和自我牺牲的决心。

她爱打扮，爸爸喜欢看见她是社交界的美人儿，引起人家的称赞和惊异；然而她为爸爸牺牲了爱打扮的癖好，越来越习惯穿件灰衬衫待在家里了。爸爸一向认为自由和平等是家庭关系中必不可少的条件，希望爱女柳博奇卡和善良的年轻妻子真正情投意合；但是阿夫多季娅·瓦西里耶夫娜牺牲自己，认为必须对家里的真正女主人——她这样称呼柳博奇卡——表示有失体统的尊敬，这使爸爸非常痛心。那年冬天他大赌特赌，冬末输了很多钱，但是像往常一样，他不愿意把赌钱同家庭生活掺合起来，因而把自己赌钱的事瞒着全家。阿夫多季娅·瓦西里耶夫娜作出自我牺牲，她有时生病，那年冬末又怀了孕，但是就在那样的时候，她也认为穿着灰衬衫，蓬头散发，摇摇晃晃地去迎接他是她的责任；那时，哪怕在早晨四五点钟，他输了钱，在俱乐部里打完八局之后回来，又是疲倦，又是羞愧。她心不在焉地问他输赢如何，含着傲慢的注意神情微笑着，一边摇头，一边听他讲他在俱乐部的所作所为和他第一百次恳求她再也不要等他回家。尽管她对于输赢——爸爸的财产全靠赌运来决定——毫不感兴趣,但是他每夜从俱乐部回来的时候,她还是第一个去迎接他。然而这种迎接除了自我牺牲的热情而外,她还受到一种隐秘的嫉妒心的驱策,这种嫉妒心使她痛苦到了极点。世界上谁也不能使她相信,爸爸是从俱乐部,而不是从情妇那里那么晚回来。她极力想从爸爸的脸上看出他的爱情秘密;看不出破绽的时候,她就带着几分悲哀的欢乐心情叹口气,沉思起自己的不幸来。

由于这些和许多其他连续不断的牺牲,那年冬天最后几个月——当时他输了很多钱,因此往往心情不好——爸爸对待妻子的态度中开始出现一种时断时续的隐隐憎恶的感情,对爱人怀着克制的厌恶,这种情绪的表现就是:他不自觉地渴望干出一切可能的、琐细的、使爱人精神上不愉快的事情。

四十三

新同学

冬天不知不觉地过去了，又开始化雪了，大学里已经贴出考试时间表，这时我才猛然想起，我要考十八门功课，这些功课我都听过，但是没有留神听，也没有做笔记，一门也没有准备。奇怪的是，"怎么考及格？"这样一个明显的问题，我连一次也没有想过。但是由于我长大成人，由于我 comme il faut，那年冬天我一直高兴得昏头昏脑，每当想到"怎么考及格"这个问题时，我就拿自己和同学们比较，心里想："他们也要考试，可是他们大多数还不够 comme il faut，所以我有胜过他们的优点，我一定会考及格。"我去上课，那只是因为习惯成自然了，因为爸爸把我从家里打发出来。况且，我有很多朋友，在大学里常常很快活。我喜欢教室里的喧哗和谈笑；上课时，我喜欢坐在后排椅子上，随着教授有节奏的声音，或是耽于幻想，或是观察同学。我有时喜欢跟着什么人跑到马特恩酒店去喝伏特加，吃点东西，而且明明知道会受到训斥，却跟在教授后面，胆怯地打开吱呀作响的门，走进教室；当各班学生拥挤在走廊里哈哈大笑的时候，我喜欢参加进去，搞搞恶作剧。这一切都是十分愉快的。

当大家都开始循规蹈矩地前去上课，物理教授讲完自己那门课，说考试时再会的时候，学生们开始收集笔记本，一组一组地温课，我也想到该温习功课了。我同奥佩罗夫见面时仍然点头，但是，就像我前边所说的那样，我们之间的关系冷淡极了，但在这时，他不但让我用他的笔记，而且邀请我同他以及别的同学们一起温课。我谢谢他，表示同意，希望这种荣幸能使我和他尽释前嫌，只是请求他，要大家每次一定到我家里聚会，因为我的房间好一些。

他们回答我说，要轮流地来，今天在这家，明天在那家温习功课，按照远近来定。头一天在祖欣家。那是特鲁布内林阴路一幢大房子里隔扇后面的一间小屋。第一天我迟到了，进去时他们已经读起来。小屋里弥漫着烟味，而且不是好烟叶，是祖欣抽的那种劣等烟。桌上摆着一瓶伏特加、一只酒杯、面包、盐和羊骨头。

祖欣没有站起来，他请我喝杯伏特加，脱掉礼服。

"您，我想，不习惯这样的款待吧？"他补充一句说。

他们都穿着不干净的印花布衬衫和衬胸。我极力不露出自己对他们的轻视，就脱掉常礼服，非常友好地躺到沙发上。祖欣有时参考笔记，讲了起来；别的人打断他，向他提问题，他很扼要地、聪明地、正确地解答着。我开始倾听，但是因为没有听上文，有好多地方不明白，于是就提了一个问题。

"啊，老兄，如果您不懂这个，听也没有用，"祖欣说，"我把笔记借给您。您明天看一遍，不然，向您解释有什么用呢？"

我为自己的无知感到惭愧，同时也觉得祖欣的话完全有理，于是就不再听他讲，开始打量这些新同学。按照把人们分为comme il faut 和不 comme il faut 两类的分法，他们显然属于第二类，因此在我心里不仅引起轻蔑的情绪，而且对他们本人憎恶起来，我所以憎恶他们，是因为他们虽然不 comme il faut，却好像不但认为我和他们平等，甚至他们还是好心照顾我。使我产生这种感觉的是他们的腿和咬坏指甲的脏手，奥佩罗夫的小手指上留着的长指甲，他们的粉红衬衫和衬胸，他们亲热地对骂，肮脏的房间，祖欣那种用手指按住一个鼻孔，不断轻轻擤鼻子的习惯，特别是他们应用和强调某些字眼的谈话方式。譬如，他们用蠢货代替傻瓜，用宛如代替确切，用壮丽代替美好、活动，诸如此类，在我看来，这都是咬文嚼字，不成体统。但是，他们对于一些俄文字，特别是一些外来语的发音更引起我这种"体面"的憎恨，例如他们把机器、活动、故意、在壁炉里、莎士比亚等等的重音都读错了。

尽管他们的外表在当时使我厌恶得不得了，但是我却感觉到这些人身上有着某些优点，羡慕把他们团结在一起的快活的友情，他们吸引我，使我想和他们接近，尽管这对我说来是非常困难。温厚而诚实的奥佩罗夫是我早已认识的；现在，那位活泼的、聪明绝顶的、分明在这群人中占居首位的祖欣，特别使我喜欢。他矮小，粗壮，黑发，胖胖的脸庞总是很光泽，但是非常聪明，活泼，独立不羁。特别是他的额头，虽然不高，却突出在他那深陷的黑眼睛上，还有他那翘起来的短发和好像永远不刮的浓密的黑胡髭，给他增添了这么一副表情。他好像并不考虑自己（人们身上的这个优点总使我特别喜欢），但是很显然，他从来没有不动脑筋的时候。有些人的脸是那么富于表情，你第一次见了它，隔几个钟头之后，就会看到它们变得完全不同，祖欣的脸就是这样。快到夜晚时，在我的眼睛里，祖欣的脸就出现了这种情形。他的脸上突然出现了新的皱纹，眼睛陷得更深，笑容变成另外一副模样，整个容貌变得使我简直都认不出来了。

温习完功课以后，祖欣、别的大学生和我，为了表示愿意结成朋友，每人喝了一杯伏特加，瓶里几乎涓滴不剩了。祖欣问谁有二十五戈比银币，他可以打发侍候他的老妇人再买点酒来。我表示愿意出钱，但是祖欣好像没有听见我的话，转向奥佩罗夫，于是奥佩罗夫就掏出细珠穿的钱包，把所要的钱给了他。

"你当心，不要大喝特喝。"奥佩罗夫说，他自己滴酒不饮。

"别怕。"祖欣说,吸着羊骨髓(我记得当时我想:因为他吃了许多骨髓,所以那么聪明)。

"别怕,"祖欣微微笑着继续说,他的笑容是那么迷人,使你不由自主地会注意它,而且为了这一笑感激他,"即使我大喝特喝,那也没有什么关系。老兄,现在让我们来看看究竟谁打垮谁,是他打垮我呢,还是我打垮他。一切都准备好了,老兄,"他补充说,带着夸张的神情用手弹了弹额头,"但愿谢苗诺夫不要不及格,他好像大大地纵酒起来了。"

真的,那个头发花白的谢苗诺夫,在初次考试时,由于他的仪表不如我,使得我那么高兴;他以第二名考入大学之后,上课头一个月准时来听课,到复习以前就已开始纵酒。学期快结束时,在大学里根本不露面了。

"他在哪儿?"有个人打听。

"我已经见不到他的踪影了,"祖欣接下去说,"最后一次同他在一起,我们砸了里斯本酒馆。那是件了不起的大事!据说以后出了什么乱子……多好的脑筋啊?这个人多么热情!多聪明!要是他完蛋了,有多可惜!而他一定要完蛋的:以他那样容易冲动的性格,他可不是那种在大学里坐得住的人!"

又谈了一会儿,约定以后几天还在祖欣那里会面(因为他的住处离其他所有的人都近），大家就开始散去了。大伙走出来的时候，我觉得心里有点过意不去，因为大家都步行，只有我一个人坐马车。我感到很羞愧，提议送奥佩罗夫一程。祖欣同我们一起出来，他向奥佩罗夫借了一个卢布，就到什么地方通宵做客去了。路上，奥佩罗夫对我讲了很多有关祖欣的性格和生活方式的话，到家以后，我好久不能入睡，思索着我所结识的这些新人物。我醒着躺了好久，心里踌躇不决，一方面尊敬他们，他们的知识、单纯、正直、青春和勇敢的诗意博得了我的敬意；另一方面，他们的不修边幅使我厌恶。尽管我满心愿意么做，但是当时我实在不能和他们接近。我们的理解力完全不同。在我看来，无穷无尽的细微差异构成了生活的全部魅力和意义，这些他们完全不理解，而且和我相反。但是不能接近的主要原因是，我穿的是二十卢布一尺的呢料礼服，还有一辆四轮马车和一件麻布衬衫。这个原因在我看来是特别重要的；我总觉得，我的富裕的表征使他们不由得感到屈辱。我在他们面前觉得内疚，有时低声下气，有时又气愤自己不该卑躬屈节，于是又变得非常自负，怎么也不能和他们真诚地平等相待。祖欣的性格中粗野、恶劣的一面，由于我预感到他身上具有极大的勇敢的诗意，而被遮掩起来，使我当时根本不觉得他讨厌。

有两个星期的光景，我几乎每天晚上都到祖欣那里去学习。我很少温习功课，因为，我已经说过，我落在同学们后面，又无力单独学习来赶上他们，所以只装出在倾听和懂得他们所读的功课的模样。我觉得，同学们已经猜到我在装模作样，我时常发现，他们跳过自己懂得的地方，从来也不问我。

我一天天越来越原谅这群人的毫无规矩，逐渐习惯他们的生活方式，而且觉得其中有很多诗意。仅仅由于我向德米特里保证过不同他们去喝酒，才使我不想同他们去寻欢作乐。

有一次我想在他们面前炫耀一下自己的文学知识，特别是法国文学的知识，于是把话头引到这个题目上来。结果，使我惊异的是，虽然他们用俄语发音来读外国书名，但是他们看的书比我多得多，知道而且欣赏英国甚至西班牙的作家，还有勒萨日[①]，这些人我当时还没有听说过。他们认为普希金和茹科夫斯基的作品才是真正的文学（这不像我，当时我认为自己小时候阅读过、学习过的那些黄皮小书是文学）。他们对大仲马、欧仁·苏和费瓦尔[②]同样看不起，而且他们，特别是祖欣，对

[①] 勒萨日（1668—1747），法国小说家、戏剧家。代表作为长篇小说《吉尔·布拉斯》。
[②] 费瓦尔（1817—1887），法国小说家。

文学的批评比我强得多，清楚得多，这点我不能不承认。在音乐知识上，我也并不比他们高明。使我更为惊奇的是，奥佩罗夫还会拉小提琴，另外一个同我们一起学习的大学生拉大提琴和弹钢琴，他们俩都在大学乐队里演奏过，精通音乐，而且会欣赏好作品。总之，除了法语和德语的发音而外，凡是我想在他们面前炫耀的东西，他们懂得的都比我多，而且丝毫也不以此自豪。以我的处境，我很可以夸耀我的上流社会的风度，但是我不像沃洛佳那样具备这种风度。那么，我还有什么优越的地方使我看不起他们呢？我同伊万·伊万内奇公爵的亲戚关系吗？我的法语发音吗？自用马车吗？麻布衬衫吗？指甲吗？归根结底，这一切不是很无聊吗？在羡慕摆在我眼前的同窗友谊和青春欢畅的心情下，这种念头有时模模糊糊地进入我的脑海。他们彼此你我相称。他们称呼的简单达到粗鲁的地步，但是在这粗鲁的表面下，经常可以看到唯恐伤害对方的心情。下流坯，猪猡——他们亲热地使用的这些语言只是使我作呕，给我暗暗嘲笑他们的口实，但是这些字眼得罪不了他们，也不妨碍他们之间的十分真诚友好的关系。在他们对待彼此之间的态度上又小心，又敏感，只有很穷的人和非常年轻的人才会这样。主要的是，我在祖欣的性格中和他在里斯本酒店的历险中，感到一种放荡不羁的豪迈气概。我推想,他们的这些酒宴一定完全不同于我在 3 男爵家中所参加的烧香槟酒和甜酒的那种虚情假意的宴会。

四十四

祖欣和谢苗诺夫

我不知道祖欣属于哪个阶层，但是我知道他上过C中学，毫无资产，好像不是贵族。当时他大概十八岁，虽然看上去要大一些。他非常聪明，特别机智，要他一下子就领会整个的复杂问题，预见到它的一切细节和结论，在他说来，比通过思考去研究得出这些结论的定律还容易。他晓得他聪明，并且以此自豪，由于怀着这种骄傲的心情，他待所有的人同样随便和蔼。他的生活经历大概十分丰富。他那火热的、善感的性格，使他已经懂得爱情、友谊、买卖和金钱的滋味。纵然在社会下层，纵然程度很轻微，凡是他体验过的东西，他无一不是加以轻视，或者用冷淡的、玩忽的态度来对待，这是由于对他得来太容易了。他以那样的热情来从事一切新鲜事情，好像只是为了在达到目的以后，来轻视他所获得的东西，而他那优异的天赋又总是使他达到目的，取得轻视的权利。在学习方面也一样：他不大学习，不记笔记，但是他精通数学，当他说他会难倒教授的时候，也并不是吹牛，他认为他听的课程里有很多荒谬的东西，但是凭着他天性中所特有的那种下意识的实用主义的圆滑，他立刻就迎合教授的要求，因而所有的教授都喜欢他。他对待上级的态度是直率的，但是上级都很器重他。他不但不重视学习，不爱学习，甚至还看不起那些认真钻研他轻易得来的东西的人。

学习，就他的理解，花不了他十分之一的才能；他的求学生活并没有给予他任何可以专心研究的东西，而像他所说的火热的、好动的性格需要生活，于是他就沉湎在他的资财许可的酒宴中，对于酒宴他非常热情，并且怀着竭力折磨自己的愿望。现在，大考以前，奥佩罗夫的话应验了。祖欣失踪了两个星期，因此我们后来就在另一个大学生家里复习功课。但是第一堂考试时，他在大厅里出现了，面色苍白，精疲力竭，手发颤。可是，他以优异的成绩升入了二年级。

学年刚一开始，以祖欣为首的那个纵酒作乐的一伙有八个人。最初伊科宁、谢苗诺夫都是其中的成员，但是前者受不了年初他们所沉溺的疯狂的放荡生活，脱离了那个团体，而后者觉得这样还不过瘾，也脱离了。最初我们全班的人都怀着一种恐怖的心情注视着他们，互相传述他们的丰功伟绩。

这些丰功伟绩中的主要英雄人物是祖欣，而到学期末，则是谢苗诺夫了。后来，人人甚至都怀着恐惧的心情看待谢苗诺夫，他来上课的时候（这是少有的事），教室里就骚动起来。

在大考就要开始之前，谢苗诺夫毅然决然地以独特的方式结束了自己的放荡生涯，由于我同祖欣相识，曾亲眼目睹这个情况。事情是这样的。有天晚上，我们刚聚集在祖欣家，奥佩罗夫正埋头看笔记本，除了烛台上的一支蜡烛而外，他还把一支蜡烛插在靠近自己的瓶子里，开始细声读他用纤细的字迹记的物理笔记。这时候，女房东走进屋来通知祖欣，说有人给他送信来了。

祖欣出去了，不久就耷拉着脑袋，带着若有所思的神色走回来，手里拿着拆开了的、写在灰色皮纸上的信和两张十卢布的钞票。

"先生们，出了一件稀罕事。"他说，抬起头来，似乎很庄严地望了我们一眼。

"什么，是别人还给你钱了吗？"奥佩罗夫翻阅着自己的笔记本，说。

"嗯，往下念吧。"什么人说。

"不行，先生们！我不念下去了，"祖欣用同样的声调接着说，"我对你们说，真是想不到的事！谢苗诺夫打发一个兵给我送来二十卢布，这是他以前借的；他信上还说，若是我想见他，就到兵营里去。你们知道这是什么意思？"他补充一句说，向我们大家扫了一眼。我们大家都一声不响。"我马上就到他那儿去，"祖欣接下去说，"谁想去，就一起去。"

大家立刻都穿上礼服，准备去找谢苗诺夫。

"这恐怕不合适吧,"奥佩罗夫用他那细小的声音说,"我们都去看他,像看什么稀罕东西一样。"

我完全同意奥佩罗夫的意见。特别是以我而论,我同谢苗诺夫差不多不相识。但是,我乐意自己参加同学们共同的事情,并且非常渴望看一看谢苗诺夫本人,因此听了这话,我什么也没有讲。

"胡说!"祖欣说,"不管他在什么地方,我们大家去和一个同学告别,这又有什么不合适的呢?小事一桩!谁想去,我们就去吧。"

我们雇好马车,让那个士兵和我们坐在一起,就去了。兵营门口值班的下士不愿意放我们进去,但是祖欣设法说服了他,于是送信的那个士兵就把我们带到一个很大的、几乎是昏暗的、被几盏小灯微微照亮的房间里,两边的木板床上有几个头顶剃光、穿灰大衣的新兵,或躺或坐。进了营房,那股特别难闻的气味,几百人的鼾声使我大为吃惊。我跟在给我们领路的那个士兵和一马当先迈着坚定步伐从木板床中间穿过去的祖欣后面,怀着战栗的心情打量每个新兵的景况,把谢苗诺夫留在我记忆中的印象加到每个新兵身上:结实有力的身姿,又长又乱的花白头发,苍白的嘴唇和忧郁而明亮的眼神。在营房最里面的角落里,在最后一个盛着黑油、灯芯冒烟的瓦罐旁边,祖欣紧走了两步,忽然停下来。

"你好,谢苗诺夫。"他对一个跟别人一样头顶剃光的新兵说,那新兵穿着一件粗军衣,披着灰外套,连脚带腿坐在木板床上,正在同另一个新兵聊天,一边吃着什么。这就是他:一头剪短的白发,刮净的青额头,永远那么忧郁和刚毅的面部表情。我唯恐自己的目光会触怒他,因此扭过身去。奥佩罗夫好像跟我一样想法,站在大家后面,但是当谢苗诺夫用他平常那种断断续续的言语招呼祖欣和别人时,他的声调使我们完全放心了,于是我们连忙走上前去,我伸出我的手,奥佩罗夫伸出了他的"木板"。但是,谢苗诺夫却抢先伸出了他那黑黝黝的大手,仿佛以此来使我们免除向他致敬的不愉快感觉。他像平时一样冷淡而平静地说:

"你好,祖欣。谢谢你来看我。啊,诸位,请坐。你去吧,库德里亚什卡,"他向和他一起聊天、吃晚饭的新兵说,"我们以后再谈吧。请坐。怎么?使你很惊讶吧,祖欣?是不是?"

"你没有什么可使我惊讶的,"祖欣回答,挨着他坐在木板床上,脸上带着几分医生坐在病人床上的神情,"如果你来参加考试,倒会使我惊奇,就是这样。不过你讲讲吧,你溜到哪儿去啦？怎么来当兵啦？"

"溜到哪儿去啦？"他用深沉而有力的声音回答说，"溜到小饭店、小酒馆里去了，总之，反正是到寻欢作乐的地方去。不过请坐下吧，诸位，这儿有的是地方。你把腿往里缩一缩。"他对躺在他左边木板床上、头枕在手上，怀着懒洋洋的好奇心望着我们的一个新兵，命令式地喊了一声，露出了一嘴雪白的牙齿。"我大吃大喝。有不体面的事。也有好事。"他接下去说，每说一句断断续续的话，他那刚毅的面部表情总要改变一下，"和商人的那段事你是知道的。那个坏蛋死了。他们想把我赶出去。我把所有的钱都花光了。但这没有什么。债台高筑，而且都是讨厌的债务。无法偿还。哦，就是这样。"

"你怎么会产生这种念头的呢？"祖欣问。

"是这样的：有一次在雅罗斯拉夫饭店喝酒，你知道，那家饭店在斯托任卡，我同一个商人喝起来。他是招兵站上管供应的。我说：'给我一千卢布，我就去。'于是我就来了。"

"不过，要知道，你是贵族啊。"祖欣说。

"这算什么！基里尔·伊万诺夫把一切都办妥了。"

"基里尔·伊万诺夫是谁呀？"

"就是买我的那个人（说到这里，他特别地，又奇怪，又滑稽，又含嘲带讽地闪亮了眼睛，好像微笑了一下）。他们得到枢密院的批准。我还是喝酒，还了债，就走了。这就是全部情形。自然啰，他们不能鞭打我……还有五个卢布……可能发生战争……"

随后，他开始对祖欣讲他那奇怪的、不可思议的历险，他那刚毅面孔上的表情不住变换着，而且忧郁地闪亮着眼睛。

当我们不得不离开营房的时候，我们开始同他告别。他把手伸给我们大家，紧紧握了我们的手，没有站起来送我们，说道：

"随便哪天再来吧，先生们，据说下个月才赶我们走哩。"他好像又微微一笑。

但是祖欣走了几步，又退回去了。我想看看他们告别，也停下来。我看见祖欣从口袋里掏出钱递给他，而谢苗诺夫推开了他的手。后来我又看见他们互相吻了一下。我听到祖欣又走近我们，相当大声地喊道："再见，长官！大概不等我毕业，你就会当上军官了。"

从来不笑的谢苗诺夫，听了这话，用嘹亮的、不习惯的、使我十分痛苦的笑声哈哈大笑起来。我们走出去了。

我们步行回家，祖欣一路没有作声，一会儿用手指按住鼻孔这边，一会儿按住那边，不断地轻轻擤着鼻子。一到家，他立刻离开我们，从那天起他就喝起酒来，一直喝到考试的时候。

四十五

我失败了

第一场考试是微积分，时间终于来临了。但我仍然糊里糊涂，不知前途如何。每天晚上，同祖欣和别的同学们聚会以后，我就想到自己的信念应当有所改变，其中有些东西不对头，不好，但是到了早晨旭日东升以后，我又变得很 comme il faut，对这点十分满意，不希望自己有任何的改变。

我怀着这种心情去参加第一场考试。我在公爵们、伯爵们和男爵们坐着的那边的一条长凳上坐下，开始用法语同他们交谈，说来也奇怪，我根本没有想到，我马上就得回答我一窍不通的那门功课的问题。我冷静地望着那些上去应考的人们，居然还取笑某些人。

"喂，格拉普，"当伊连卡从考桌边回来的时候，我对他说，"心里害怕吗？"

"等着瞧您的吧。"伊连卡说，他自从进了大学，就完全反抗我的势力，我和他说话的时候，他笑也不笑，对我恶感很深。

听了伊连卡的回答我轻蔑地笑了笑，虽然他表示的怀疑使我惊慌了一下。但是迷雾又遮盖住这种心情，于是我依旧心不在焉，漫不经心；甚至我还答应 З 男爵，考完以后（仿佛对我说来，这是一件微不足道的事）立刻陪他到马特恩酒店去吃东西。当我和伊科宁一齐被叫上去的时候，我整了整礼服的后襟，非常镇静地走到考桌前。

当一位年轻的教授——就是入学考试时考过我的那一位——逼视着我的面孔，而我摸到考签的时候，一阵轻微的寒战才掠过我的脊背。伊科宁像以前考试时那样，全身摇晃着抽了个考题，尽管答得很不好，总算回答了几句；但是我又重蹈他以前考试时的覆辙，甚至更糟一些，因为我抽了第二个考题，也没有回答出来。教授带着惋惜的神情望着我的脸，用平静而坚决的声音说：

"您不能升入二年级，伊尔捷尼耶夫先生。您最好不参加考试。我们必须把这个系整顿一下。您也不行，伊科宁先生。"他补充一句说。

伊科宁要求准他重考，好像要求施舍一样，但是教授回答他说，只有两天工夫，他来不及办到一年里没有办到的事，他怎样也不能升级。伊科宁又低声下气地苦苦哀求；但是教授又拒绝了。

"你们可以走了，先生们。"他说，声调依然不高，但是很坚决。

这时我才打定主意离开考桌，由于我默默无言地在场，好像我也参与了伊科宁那种丢脸的恳求，我觉得很羞愧。我是怎样从大学生们身边穿过大厅,怎样回答他们的问题,怎样走进门道,怎样回到家里,我都不记得了。我感到受了侮辱,丢了脸,我真是不幸。

我三天没有出屋,谁也不见,像童年时代一样,从眼泪里寻求安慰,哭得很厉害。我寻找手枪,如果我非常愿意的话,我可以开枪自杀。我想,伊连卡·格拉普遇见我的时候,一定会唾我的脸,他这样做也是对的;奥佩罗夫一定会幸灾乐祸,到处给我宣传;科尔皮科夫在雅尔饭店侮辱我,是十分对的;我对科尔纳科娃公爵小姐所讲的蠢话不会有别的结果,等等,等等。我生活中所有痛苦的、有伤我自尊心的时刻,一个接一个地涌进我的头脑里;我极力把我的不幸归罪于什么人。我以为这一切都是有人故意搞的,我想象有人对我设下了整套阴谋,我埋怨教授们和同学们,埋怨沃洛佳和德米特里,也埋怨爸爸送我上大学,埋怨上帝使我遭受这种耻辱。最后,我觉得自己在所有熟人的眼里完全垮台了,我就请求爸爸让我去当骠骑兵,或者去高加索。爸爸不满意我,但是看到我伤心得那么厉害,就安慰我说,虽然考得很糟,如果转到别的系,事情还可以补救。沃洛佳也不认为我的不幸有什么可怕,他说在别的系里,我在新同学面前至少不会感到羞愧。

我们的女士们完全不懂，不愿意懂，或者不能懂考试意味着什么，升不了级意味着什么，她们可怜我，只是因为看到我很痛苦。

德米特里每天来看望我，一直非常温柔和蔼；但是，正因为这样，我觉得他对我冷淡了。他上楼来，带着有点像医生坐在垂危病人床上的神情，默默无言地紧挨着我坐下，我总觉得痛苦和受了侮辱。索菲娅·伊万诺夫娜和瓦连卡托他把我以前要的书带来，并且希望我去看望她们；但是，正是在这种关切里，我看出她们对于一个一落千丈的人所抱的高傲的、令我感到侮辱的姑息。过了三天，我平静了一些，但是直到下乡以前，我都没有出过家门，一直在想我的伤心事，从这个房间闲荡到那个房间，极力躲避家里所有的人。

我左思右想，终于有一天晚上，我独自坐在楼下听阿夫多季娅·瓦西里耶夫娜弹圆舞曲时，突然跳了起来，跑上楼，拿出写着"生活准则"的笔记本打开，霎时间感到又是悔恨，又是精神振奋。我哭起来，但是已经不再是绝望的眼泪了。我恢复常态之后，决定重订"生活准则"，而且坚决相信，我永远再也不做任何坏事了，再也不浪费光阴，再也不违背我的准则了。

这种精神振奋是否持久，它包含着什么内容，为我的精神上的发展奠定了哪些新基础，我将要在更幸福的青年时代的下半期来叙述。[1]

　　　　九月二十四日[2]　亚斯纳亚·波利亚纳

---

[1] 据托尔斯泰的构思还要写最后一部《青春》，构成长篇小说《四个发展时期》，但没有写成。
[2] 指一八五六年的那一天。